庫

また酒中日記

吉行淳之介 編

中央公論新社

目次

DTP　平面惑星

また酒中日記

神戸・大阪・東京

源氏鶏太（作家）

某月某日

新幹線で神戸へくる。この夏以来、家内がやや癌《がん》ノイローゼ気味であったのだが、国立がんセンターで診て貰った結果、その心配のないことがわかり、そのお祝いの意味で、家内からお供を仰せつかったのである。家内の弟二人が神戸にいるので、また二人共ゴルフをするので、神戸でゴルフをしようという仕掛けなのである。嫌とはいわれない。

夕食は三の宮センター街のとんかつ屋「むさし」で、とんかつを食べる。私は、このとんかつが大好きで、神戸へくるのは、ここのとんかつを食べられる愉《たの》しさがあるからといってもいいだろう。ビールを二本。食事が終ってから家内は、解放してやるという。しかし、私が神戸で知っているバーといえば、三の宮センター街の裏通りにある「シルバー・ムーン」一軒しかない。一人で、そこへ出かけた。ひょっとしたらかつて常連であった白川渥《しらかわあつし》氏に会えるかもわからぬ、と思ったからである。しかし、近頃、白川氏も、ゴルフに夢中で足が遠のいている由。このバーを知ってから十年近くになる。マダムも姉から妹に変っている。年に一度か二度しか行かぬバーであるが、ちゃんと覚えていてくれて歓迎して貰えるのは嬉しいものだ。ウイスキーの水割りを五杯ぐらい飲んで、オリエンタル・ホテルに帰る。東京でなら当然ハシゴをするところであるが。

某月某日

家内たちと広野《ひろの》ゴルフ場へ行く。ここは私が平日《へいじつ》メンバーにして貰っているコースである。行くたびに天下の名コースと思う。上《あが》ってからロビーで、ウイスキーの水割りを飲む。最初の一杯は、いつもと口当りが違う。二杯目から銘柄《めいがら》を指定した。自分の舌もそうバカにしたものではないと思う。夕食は、元町《もとまち》のてんぷら屋「ふじはら」でする。ここも神戸へくるとたいてい寄ることにしている。そのあと、また解放されたので大阪へ向う。ときどき大阪を舞台にして小説を書いているので、という口実でもある。大阪には司馬遼太郎君や黒岩重吾君がいる。電話をすれば出て来てくれるだろうと思うのだが、お互いに忙しいことはわかっているのだし遠慮した。また、昔大阪で勤めていた頃の友人先輩に連絡することも考えていたのだが、それも急では悪かろうと一人で飲むことにした。北のクラブ「太田《おおた》」へ寄る。かつての夜の商工会議所も不景気のせいか、昔ほどの活気がないようだ。が、ここでマダムから司馬君などの消息を聞く。続いて「香《かおる》」へ。ここも十年ぐらい行っているバーである。ここでは、かつての同僚であった田上郷平《たがみごうへい》君が、さっさと会社を辞めて富士山麓にこもった話を一種の感慨をもって聞く。

某月某日

S社の招待で柴田錬三郎氏と赤坂の待合で飲む。が、そのあと、ひどく疲れた感じがしたので真っすぐに帰宅する。こんなことは珍しいのだが。

某月某日

球々会《きゅうきゅうかい》のコンペが武蔵《むさし》である。球々会とは、柴田錬三郎氏を隊長にするかつてこの人にゴルフの指導を受けた作家画家編集者などの集まりである。ワンラウンドで上る。成績悪し。他の大部分は、後のハーフをまわっているので、ロビーでウイスキーの水割りを飲みながら待つ。その長いこと。銀座をまわってから十一時頃に帰宅。

某月某日

吹きだまり会のコンペが相模《さがみ》ゴルフ場である。成績悪し。終ってからエスポワールの二階へ行く。今日は相棒がなく、行ったときは私一人。間《ま》が持てなくて困っているとき、梶山季之《としゆき》君が入ってくる。彼は、咄嗟《とっさ》に私の気持を察して、「僕が入って来てよかったでしょう。」と、いう。全く、その通りであった。更に、講談社の野間社長の一行がお見えになる。ほっとする。二ヵ月ばかり勘定を払っていなかったことを思い出して、すませる。

某月某日

ＰＧＡのゴルフが相模である。久し振りで優勝。ご機嫌である。誰も相棒がなかったが銀座へ出る。帰宅午後十時頃。近頃、帰宅が早くなった。以前だと、午前一時頃になるのが普通になっていたのだが。体力の衰えのせいだろうか。

某月某日

椿山荘《ちんざんそう》で「講談社さしえ・写真・児童まんが賞」の授賞式がおこなわれる。生憎《あいにく》と朝からの土砂降《どしゃぶ》り。本来なら出かけたくなかったのだが、私と同じ頃に大阪から出て来た下高原健二君が受賞しているので、押して出かける。入口で講談社の三木君に会う。ＰＧＡのゴルフのことを彼がいう。しかし、一向に私の成績のことを聞いてくれぬ、私から催促した。

「また、優勝だ。」

三木君は、あきれたような、あわてたような顔で、

「おめでとう。」

と、いった。

気持のいい会であった。しかし、祝賀会には、銀座のホステスたちが来ていなかったのは期待はずれであった。講談社の誰彼《だれかれ》をつかまえて、そのことを強調しておいた。空腹にウイスキーの水割りを四、五杯飲んだので、調子に乗り過ぎていたのかもわか

らない。

終って、銀座へ出ることにする。講談社の有木氏、三木君、三友社の北村君と相変らずの土砂降りの中を自動車を銀座へ走らせる。行先は「ダーッ」。ここには、先に小学館の桜田君が来ていた。昼のうちに私から電話をかけておいたのである。彼とはしばらく会っていないし、今日も一人ぼっちではかなわんと思ったからである。飲んでいると、黒岩君が元気一杯で入って来た。私は、ある事情で彼から極めて高額なデュポンのライターを取り上げている。勿体《もったい》ないからいつも家で使っているのだが、その日は、偶然に持って出ていた。彼にそれを見せびらかすと、口惜《くや》しいような、嬉しいような顔をしていた。

誰がいうとなく銀座はつまらぬからお座敷へ行こうということになった。赤坂説と九段説に別れる。それならこんなに各社の編集者の顔の揃う日はめったにないのだし、両方へ行こうということにして、先ず赤坂へ出かける。赤坂で一時間ほど飲み、その間に名物の田舎そばを食べて、九段に向う。バーのハシゴはしょっちゅうだが、待合のハシゴは初めてである。しかし、近頃の銀座のバーはめっぽう高くなったし、寧《むし》ろ、待合の方が結論的には安上りになるかもわからないと自分に弁解した。帰宅は午後十二時。相変らず、雨が降り続いていた。季節はずれの台風第何号とかであったそうだ。

（昭和41年2月号）

記憶喪失の日々

梶山季之（作家）

某月某日

広島にて。〝賀茂鶴〟の石井武志会長のご招待にて「羽田別荘」に行く。

出席者は大宅壮一、田辺茂一の両先生に、文春の田川博一さん、電通の福沢部長に小生。大宅先生、大森実さんが、一足先に帰京されて、宴席に顔が見えないのを、ひどく残念がられる。

酒よし、肴よし、メンバーよしで、大いに酩酊《めいてい》する。そのあと市中にくりだして、「高田」「V」「ラール」と廻ったような記憶あれど、必ずしも記憶鮮明ならず。

深夜、気づいたらナメクジ横丁の「真珠」にいた。田辺、田川の両氏に、〝梅坪〟の竹内氏と小生の四人になっている。ちょっとした事件おきる。午前二時、ホテルに帰る。

その翌日の某月某日

広島グランドホテルで朝食の最中、田川さんから「切符は手配してあります」と云われビックリする。よく聞いてみると昨夜、酔っぱらって田川さんと、京都に同行する約束をした由《よし》。

武士に二言はないと、田辺先生と三人、東亜航空で大阪へ。飛行場から名神高速道路を車で飛ばし、木屋町仏光寺の旅館に入る。昼食にニシンそばでも食べようか、と云っているうちに、先ず一杯やろうと衆議一決。さっそく酒盛りとなる。

そのうち、三鬼陽之助先生が今夜、広島に着かれる約束を思いだし、慌てて三鬼先生が講演中の静岡に電話を入れる。新幹線で西下される由なので、京都で三鬼先生を拉致《らち》する陰謀をはりめぐらす。

田辺先生と小生の、例によって他愛のない駄洒落のかけ合い漫才。昼間からの茶屋酒とあって、特に冴《さ》えている。大いにメートルをあげる。

夕刻、丹前姿で京都駅にゆき、三鬼先生を拉致し、またも酒宴となる。ネオンの美しくなる頃あい、祇園《ぎおん》にくりだす。はじめ三鬼先生の馴染《なじ》みのお茶屋に行き、ついで私の馴染みの「松の井」をのぞく。

そのあと、「よし子」「元禄」と歩いたような記憶あるも、必ずしも鮮明ならず。なに、いずれ勘定書が廻って来たら、その夜のコースは判るであろう。

某月某日

週刊誌の小説を書き上げて、ふらりと銀座に出る。久し振りに「葡萄《ぶどう》屋」に行く。誰も知った顔に出会わない。「エスポワール」に行く。同じく知った顔は見当らず。「魔里」に行くと、碁の坂田本因坊先生、結城昌治氏、栗田勇氏がいた。なんとなくホッとなり、例によって猥談でひとしきりさわぐ。

四人で「眉」に行く。いろんな知った顔に出会う。こんなことなら、「眉」からスタートすれば良かったと悔《く》やむ。栗田勇氏の提案で、東銀座の「ゴードン」に行く。満員なり。帰ろうとすると、引きとめられ結局ゴードンで居坐る。

ハシゴ酒の癖のある小生には、バーの長居は苦痛である。「ラモール」を覗く、かなり酔う。気がついたら、六本木の「鮨長」のカウンターで、日本酒を飲んでいた。

俳優の渥美清さん、杉浦直樹さんと会う。杉浦さんは拙作「愛の渦潮」のラジオ・

ドラマの主役を、一年半もやって頂いた人なり。渥美さんには、最近テレビ劇の「なせばなる」の主人公を演じて頂いた。

鮨長の平野宏さんから、

「旦那、お早いですな」

と揶揄《からか》われる。小生がこの店に来るのは、いつも午前二時近い時刻だからであろう。いろんなお客が、ぞくぞく現われる。世の中って、変なものだ。こっちが探す時には、なかなか、その夜の相手がみつからず、探さなくてもよい時には向こうからやってくる。

某月某日
大阪にて。某女性週刊誌の取材にて、尼崎の旧赤線地帯の取材。同行せしは「放送朝日」の鬼内仙次編集長。先ず神崎新地、初島新地と下見をして、市内をぶらつき、宵闇せまる頃おい、初島に行き女を買う。女の部屋でビールを飲みながら取材。そのあと神崎に廻って、あと大阪「ラモール」へ。久し振りなり。朝日放送テレビの松本克巳氏も加わる。松本氏の案内で、もう一軒まわる。

ビルの四階に、ジュータンを敷いた部屋があって、そこで寝そべって酒を飲める仕掛けになっている。大阪には、変った酒場があるものだ。そのあと、「ラモール」を覗いたら、三好社長がいた。黒門市場の「栄うどん」へ行く。ここのウドンは、日本一うまい。天婦羅《てんぷら》で一杯やりながら、雑談に余念なく過す。

その翌日の某月某日

大阪にて。ステーション・ホテルで眠っていたら、出迎えの車が来たという電話連絡。慌てて飛び起きて、伊丹《いたみ》空港へゆく。十時の飛行機で、広島へ向かう。ラジオ中国テレビの「アメリカの土」のフィルム構成のためなり。脚本を検討し、フィルムを見たあと、いろんな注文をだす。「酔心酒蔵」で夕食。日曜のため、殆んどバーはやっていない。「ラール」を覗いて、中国新聞脇の屋台ラーメンで痛飲。このラーメンは、札幌ラーメンに続いて美味である。

某月某日

文春の原稿を書き終えたのが夜九時半。溜《たま》り場の「魔里」へ行く。田辺茂一先生や、ニッポン放送の三島さんがいる。立川談志さんがくる。田辺さんの提案で、原宿の「小笹寿司」を覗いたら、本日は休業の由。

仕方なく六本木の「鮨長」へ行ったら、ここも大入り満員。渥美清さんたちが、気を利《き》かして立って呉れる。談志さんが、追いかけて姿をみせた。

日本酒とビール。原良子さん、宮城千賀子さん達が姿をみせる。原さんは、テレビ・ドラマ「女の斜塔」のヒロイン、奈津子を演じて下さっている方なり。

スタートが遅かった故為《せい》か、どうも本調子にならない。三木のり平氏が顔をのぞかせ、満員なので残念そうに帰る。生酔い加減で今夜はどうもハッスルしない。

某月某日

般若苑《はんにゃえん》にて〝ノン・フィクションの会〟の会合。女将《おかみ》のご招待なる由。大宅先生を囲んで、賑《にぎ》やかな夕食会。この日は田英夫さん、大森実さん入会の披露もかねている。

九時すぎ恒例の〝ドボン大会〟。草柳大蔵、藤島泰輔、大隈秀夫、村上兵衛、渡部雄吉といったメンバー。ウィスキーをガブ飲みして、五千円ぐらい負ける。

（昭和41年5月号）

酔多同志

田辺茂一（作家・紀伊國屋書店社長）

某月某日

午前六時起床。こういう起床はめずらしい。七時半東京発、新幹線「ひかり号」に乗りこむためにである。家人に遠慮し、味噌汁いっぱいだけ。迎えの「大和」のくるまに乗る。八重洲口にちかく、紙入れの切符袋をとり出して、気がつく。紙入れのなかに、全然、紙幣《さつ》の姿がないのである。

その前夜、佐藤美子さんの愛嬢の結婚披露宴が、帝国ホテル孔雀《くじゃく》の間で、あった。久方に、タキシードで、でかけた。胸の紙入れがかさばるので、札《さつ》だけ抜いて、尻のポケットにいれた。

披露宴のあと、タキシードでは体裁がわるいから、そのまま自宅に直行するつもりが、つい酒がはいり、お芽出度の気分も手伝って、銀座裏の行きつけの酒場「魔里」

により、そこで、立川談志さんが、赤坂のキャバレーのショオに出演《で》ていることを知って、それを追いかけ、あとは一緒に飲んで、午前二時まで、自宅まで、送って貰ったが、そういう次第で、朝、家人におこされて、慌てて起き出たから、この不覚、自宅まで帰る時間はない。小銭入れに、二百円ほど這入っていたから、まあいい、とあきらめた。

そのまま新幹線に乗り込む。ひと寝入りしてから、未練気に、もう一度、紙入れのなかを調べたら、いい塩梅《あんばい》に、別の場所に、千円札が二枚這入っていた。やっと落ちつき、ビュッフェにでかけ、ライスカレーをとる。

新大阪着、乗換えて梅田、裏口からでて、新阪急ホテルへ。ぼくの関係している、フレンド・ナショナルという団体の、恒例の新年交歓会である。定刻をすこしおくれて、開会。ちょっと挨拶をする。

ぼくの挨拶のあと、藤本義一さんが姿をみせる。この日のスピーカーである。初対面の挨拶もソコソコですぐ演壇に起つ。その話の途中で、ぼくの帰京の「こだま」の時間がくる。

その会から一万円だけ借りて、再び新幹線、一時三十五分発東京行に乗る。

夕刻、五時ちかく熱海下車、伊東線に乗り換え、伊東着、カニヤホテルに行く。出版社角川書店の、全国優良書店招待会が、その日の午後から開催されていたが、夕刻からの宴会だけに参席。サルみたいな芸者ばかりである。

「ホテルがカニヤのせいかネ、サルが多いネ」「カニと戯るってのはあるが、サルと戯るは無理だネ……」

酔いが回って、よけいな悪口をいう。悪口が祟って、因果応報、宴会後、二人の妓をつれて、街へ。すし屋に寄って、六千円也。伊東の町としては、すこし高い。ホテルに戻り、スナックバー。サインして部屋に戻る。

某月某日

朝食前、角川社長と将棋をさす。二勝一敗。招待会は朝食後の散会だが、その前後、昨夜の玉代八千四百円、スナックバーから三千余円、請求書とどく、金がないから払えない。角川書店に廻す。

十時、ホテルのロビイに、「日本開発」からの迎えのくるまがくる。案内役は、同社の社長秘書のK嬢である。姿もいいし、声もいい。西伊豆につづく、舗装された高速道路をいく。正月とはいえ、すでに春の陽ざしだ。左手に、遠く大島、伊豆七島、眺めが展《ひら》ける。伊豆高原駅にちかい、斜面の分譲地の下見である。

分譲地全体の地形が、扇形になっているので、「扇園」とよんでいる。

三百坪、五百坪、と区画され、すでに十数ヵ所、予約済の札もたっている。投資としても良さそうである。サンケイの稲葉秀三さんが、力瘤《ちからこぶ》をいれているとのこと。

分譲地の中央に、近代風のモデルハウスがある。三間ばかりだが、浴槽つき、電話つき、広縁もあって、快適だ。その一間で伊豆の海を眺めながら同社の井上社長のご馳走になる。

とれたばかりの、鯛、伊勢海老、烏賊《いか》の生きづくり、ワサビがよくて、日本酒がうまかった。帰途、案内された海洋公園のあたりも、異国風で、めずらしかった。

熱海新幹線のホームまで、おくって貰う。

夕刻五時、東京着、そのまま、帝国ホテルの朝日新聞社の招待会に顔を出す。広告主を招んでいるためか、出版社の社長連の顔が多い。

あとがあるので、めずらしく、カクテル二杯で退散、新橋演舞場まで歩く。将棋盤まで這入っている鞄は重いが、運動である。

しばらく振りの新派である。夜の部だが、「明日の幸福」が、全員達者で、軽いものだけに楽しめた。トリの鏡花の原作は（名はちょっと忘れたが）、今は昔の明治調だけ、風物詩にも成っていない。

終幕までみて、また重い鞄をさげて歩く。

交通規制で横断もできず、陸橋を昇ったり、降りたり、やっと常店「魔里」につく。客なし。仕方がないから、ちかくの「ラモール」にいく。ここも元婦人画報社の谷口君だけ。また元の「魔里」に引返す。

談志さん姿をあらわす。同行は同業のリーガル秀才さんである。酒場「ひめ」に、いま、野坂昭如さんがいるという。電話をかける。

十一時ちかく、野坂さんくる。もはやカンバンであるから、どこかへ移ろうという。談志、秀才、昭如、ぼくと打ち揃い、裏手の酒場にいく。名は覚えていない。ぼくも、ようやく意気軒昂、酒中の人となる。

「もう一軒行こうじゃないか……」と誰かが発議する。忽ち一決、「新しいところがいいネ」と野坂さん。そこでぼくが、青山六丁目の日本風料亭スタンド「司」という、昨年師走《くれ》に開店した店に案内する。

ここで、ちょっと生意気なホステス嬢がいたために、談志君の勇み足。飲み直そうとあって、電話でかけつけた「ひめ」のマダムもともなって、溜池の穴倉バー「マロニ」へ。白い壁のデコボコ、穴倉だから、起ちあがると、頭をぶつける。這うようにして、一座、アグラをかく。穴居族よろしく、安い酒。まんなかに小さな楽団、みんなして、ゴーゴーを踊る。やがて談志君疲れ、「ひめ」のマダムのスカートに膝枕。向う気ばかりで案外である。どうもこのあたり老化をひたかくしにかくしているようだが、うそはかけない。

ついに午前四時、酔態の談志君を柏木におくり、足萎《な》え、力つきて渋谷の自宅に戻ったのは、四時半であった。

（昭和42年4月号）

日々《にちにち》の酒

立原正秋（作家）

某月某日

講談社の駒井氏ひるすぎに来訪。駒井氏が帰ったあと一足ちがいに同社の牧野氏来訪。庭の花などを眺めて酒を酌みかわし、夕刻、まちの〈たじま〉なる居酒屋に足をのばす。二時間余にして牧野氏を鎌倉駅に見送り、さらに数軒のバーの戸を叩く。

某月某日

〈犀〉同人の金子昌夫、東方社の渡辺氏、文藝春秋の大河原氏、ひるすぎに殆ど同時に来訪。この三人殆ど酒がのめず、あるじとして物足りない心持ひとしお。渡辺氏さきに帰り、間もなく大河原氏が帰り、しばらくして新潮社の坂本氏来訪。坂本氏はわがよき酒友なり。金子は菓子などをつつき、坂本氏と私、到来物のナポレオンをあける。しばらくして金子帰り、坂本氏とまちにでる。〈たじま〉に、最近北鎌倉に越してこられた新潮社の斎藤重役しばしば現れる。なんとはなしにこわき人ゆえ、もし本日〈たじま〉に斎藤元老がいたら、われわれ青年は他へ行こう、と坂本氏と話しながら路地を入り、窓より〈たじま〉のなかをうかがう。さいわい元老の姿見えず、店に入ったら、高橋和巳氏が酒を酌んでいるのに出あう。板前の牧さんの話では、元老は昨日みえられたよし、それなら今日は見えないだろう、と腰を落ちつけて酒を酌みはじめる。二時間余にしてそこを引きあげ〈ロザース〉なるバーによる。ここは、去年の夏、坂本氏とのんでいたときに受賞の知らせを受けた店である。坂本氏、一時間余にして帰京。私はさらに二軒のバーをまわる。

某月某日

〈犀〉の石井仁、後藤明生来訪。いつものように酒になり、それからしばらくして三人で逗子に本多秋五長老を訪問。〈犀〉九号にのせる原稿を戴くためである。本多長老は、さいきん平野謙長老が血圧がたかくて困っている話をされる。それでも好きな肉食をやめられないとのことだった。

「血圧はたかいが肉食はやめられない、とすれば、それは平野長老の宿命ですな」と後藤明生が冗談をとばす。

本多長老宅を辞して鎌倉に戻り、〈たじま〉により、石井が先に帰ったあと、後藤と夜半まで数軒をのみまわる。

某月某日

文藝春秋の池田氏来訪。〈別冊文春〉の原稿を渡し、二人でビールをのむ。これから中山義秀氏を訪ねるという池田氏を江ノ電の腰越駅まで見送り、帰宅してこんどは日本酒。

某月某日

家人をともない映画〈情炎〉の試写をみるため築地の松竹本社に行く。岡田茉莉子主演、吉田喜重監督の映画だが、私の作品に岡田さんが出るのはこれで三度目である。試写をみおわってから松竹のレストランで吉田夫妻とウイスキー。帰路〈葡萄《ぶどう》屋〉にたちより、ブランデー。肴にとなりに掛けた女の子の乳首を服の上からつまむ。帰宅してから家人いわく。

「あんなことをなさってはいけませんわ」

某月某日

アフタヌーンショーなる番組にでるためNETテレビ局に出向く。〈情炎〉の原作者、主演女優、監督が桂小金治師匠に料理される、という番組だったらしい。終ってから銀座に出る。行きつけの中華料理店で老酒をのみながら腸詰をたべる。それから約束の時間にNHKに出向き、テレビドラマ、そのうちに書くと約束し、NHKの車で鎌倉に帰宅。疲れたので、仕事を明日にのばし、卯の花の炒《い》りもので日本酒をのむ。

某月某日

十時におきたら小雨がふっている。魚屋に鮑《あわび》を届けさせ、それを酒蒸しにして日本酒。午後からはブランデーにきりかえ、夕刻まで仕事。

某月某日

〈文学界〉後半の原稿を仕上げたのは午後一時。それからすぐ東京に出て大日本印刷の校正室へ。それからすぐ〈主婦の友〉座談会の会場である銀座の〈出井〉へ。座談の相手は伊丹十三氏。実に感じのいい青年である。たべものの話をする。婦人雑誌にのっているグラビアのあの料理は、見るための料理であり、まずくて食べられないだろう、ということに二人の意見が一致する。ついでに、私は料理学校は、日本人の舌の感覚を鈍らせるために存在しているようだから、料理学校は撲滅すべきだ、と述べたが、料理のセンセイの反論があればいつでも応じるつもり。

座談会をすませてから小川三喜雄夫妻と待ちあわせてある〈葡萄屋〉へ。前日の午後から一時間しか睡眠をとっておらず、さすがに疲労をおぼえ、酒すすまず。小川夫妻、私を泥鰌《どじょう》屋に案内する予定であったが、疲れていたのでつぎのおりにしてもらう。〈情炎〉ははじめ小川氏が映画にするはずであった。そのために夫妻が鎌倉を訪ねてくれたのは三月末であった。契約を終えた三日後に、岡田茉莉子さんから電話があり、どうしても松竹にくれという話で、小川氏と吉田夫妻が話しあい、円満に譲り渡された次第であった。映画界には珍しく折目正しい人である。小川夫人、家人にと浴衣《ゆかた》二反をくれる。帰宅してあくる日の正午まで死んだように睡《ねむ》る。

某月某日

正午におきたら疲れがとれている。サーロインのステーキに玉葱の輪切りを焼いたのをそえ、そこに塩とタバスコをふり、ビール。それから納豆に麦飯いっぱい。ちかくに納豆製造場があり、納豆はいつでも室《むろ》から出したてのを食することが出来るのは、東京などという田舎に棲まない者の幸福のひとつである。午後は浜辺を歩き、帰路魚屋による。珍しく伊勢海老と車海老があがったというので、それを全部持ちかえる。伊勢は二匹、車は四匹、伊勢はつけ焼きにし、車は刺身にして日本酒。

「そろそろ梅干と辣韮《らっきょう》を漬ける頃になりましたね」

と家人がいう。去年は梅干を四升、らっきょうを五升漬けたが、ちょうどおいしくなった頃に食べ終る。今年はもうすこし漬けましょう、と家人が言う。庭の梅も二升は採れそうである。

某月某日

酒中日記を書きはじめる。文壇人とのつきあいがないのに、こんなものを書いてもしようがないではないか、とことわったのに、つきあいがない日記を書けと編集長が言う。日々これ酒に明け酒に暮れる。酒をのみながら書いているこの文章、即ち酒中日記である。

（昭和42年8月号）

東飲西食

檀 一雄（作家）

某月某日

入院中なれど、特に休暇をもらって、四日間九州旅行に出かけることになった。入院などと奇っ怪だが、昨年の暮頃、小便の終り際に出血したこと両三度あり、精密検査を受ける為に、O病院に入院したわけだ。あらまし、ことごとくの検査を終っていたが、もう一二日検査の必要があり、木曜の夜までに再入院の約束で、病院を出発する。出がけに、

「行先では飲みますが、よろしいでしょうか？」

と担当の医師に向って訊いてみたところ、

「いけないと云ったって、お飲みになるでしょう」

医師はそう云って笑い出したから、その笑い声をうしろにしながら、羽田に向う。

生憎の雨である。

しかし、大阪あたりから晴間が見え、国東《くにさき》半島を指呼する頃から、快晴の九州が眺め渡された。

午後三時、板付に着く。そのままタクシーで東中洲の榎本君のところを覗いてみたら、

「そら、あなた。柳川まで送りまっしょう」

そこで榎本君の車に乗り移り、国道三号緑を南進する。

「今度は何の用事ですな？」

と榎本君が訊くから、

「柳川のお堀の水バ背景に、團伊玖磨さんとテレビにうつるとげなタイ」

「柳川のお堀の水ですな？　ゾータンのゴト（冗談を云いなさんな）……。柳川の水はカラカラにひからびとりますバイ。柳川砂漠ですやな」

「ほんなこと？」

「ソラゴト（嘘）云いますもんか」

これはたまげた。その柳川の水を背景に、ＮＨＫは白秋の「思い出」の写真を撮り

たいと云っているし、NTBは「だんいくまポップス・コンサート」の「船歌」の背景になるような情景を撮りたいと云っている。

久留米でちょっと車をとめ「有薫酒蔵」でビールを飲みながら、柳川の「お花」のトンサン（殿様）に電話を入れて模様を訊いてみたら、

「NHKは来とりますが、何しろ堀はカラカラに干上っとりますタイ」

可笑しそうな笑い声が聞えてきた。もう、どうにでもなれ！

そのまま、柳川に車を驀進させてみたところ、なるほど、堀と云う堀は干上ってしまって、こないだの水天宮の時など、船舞台を浮べる為に、土嚢を築き、ポンプで水を引入れる始末だった由。

ヤケノヤンパチ。その干上った堀を眺めながら、NHKの両君、「お花」のトンさん、榎本と、沖端の「若松屋」の二階で、ウナギをサカナに、酒ビールをあおるよりほかにはない。

某月某日

夕方やってくるのかと思っていた團伊玖磨さんの一行が、もう朝のうちについてい

る。

NHKの方は、白秋の「思い出」と写真のスナップでつなぎ合わせるだけだから、どうにか胡魔化したものの、NTBの方はそうはゆかない。

そこで、團さんの思いつきで、俄に柳川をあきらめ、筑後川の「斉魚漁《えつ》」に切換えることに一決した。

柳川から、城島に向って、二台の車に分乗し、大川端に出る。満々たる水だ。「魚新」から二艘の船を出して貰って、投網のオッサンが網を入れてみると、幸先よし、「斉魚」の白い繊細な姿が、五つも六つも、網の目にくねっていた。

大漁のようである。こうなったら、両ダンは、飲む、喰う、だけで、あとはカメラマン諸氏の奮闘を待っていればよい。

それでも飲み足りないのか、又候《またぞろ》、久留米の「有薫」に寄り、板付を廻って、博多市中にたどりついたのは、夕方の七時である。

さあ、ダンダン一行は、どこをどう飲み廻ったのか、ハッキリ覚えていないが、いつのまにか、「かん雪」のママを引連れており、「萱野」へ入りこんでみると、「お花」のトンサンは来ている、坂本九ちゃんが顔を出す、中村八大さんまで揃っていて、何が何だかわからないような大酒盛になり、ホテルに帰ろうとすると、「チロリアン」のお土産までが、手の中に抱えさせられていた。

某月某日

今日は、桜桃忌《おうとうき》だ。例によって雨。早いもので、太宰《だざい》の死後二十年だそうである。真鍋呉夫君と、禅林寺に車を走らせてみたところ、もう、寺の前は、色とりどりの洋傘をにぎった青年男女諸君で、立錐《りっすい》の余地もない。雨の小降りになるのを待ってみたが、ひどくなるばかりだから、そのまま墓参を強行する。

宴会場の方に帰って、旧知の顔を探してみる。伊馬春部、小山祐士、山岸外史、桂英澄、別所直樹等の諸氏のほかには、太宰の従兄の雨森氏、お目付役の北氏等。

太宰身辺の人々は年毎に少くなるのに、見知らぬ青年子女諸君は、年毎にふえていて、もう「桜桃忌」と云うより、「桜桃祭」の観を呈している。

それはそれで結構だが、もう少し静かな、太宰ゆかりの会もほしいものである。

「太宰治賞」に新人三浦氏が決定した由の筑摩書房からの発表があり、三浦氏の挨拶が、それに続く。

次第に私も酔ってきて、司会など面倒になり、飲むばかりになった。おまけに、サイン攻めだから、雑誌「ポリタイア」を買ってくれた人にだけと云う奇計を用いて、その撃退につとめ、ようやく禅林寺を抜け出したのが、六時ちょっと廻る頃か。

第二会場の「月若」で、飲んでいるうちに、急に新宿に出たくなり「風紋」と「はにわ」を二三度往復酩酊して、家に帰りついたのが、午前三時頃か……。

ポリタイア編集の諸嬢《もろじょう》と、真鍋君が一緒だったことははじめからわかっていたが、家に帰って気がついてみたら、桜桃忌参会の男女の学生諸君を二人、連れていることに気がついた。

そこでまた、夜明方まで飲む。

某月某日

裏の高瀬君が糸魚川《いとい》から帰ってきて、大鯛二尾、越前蟹二匹、車海老六尾、それに釣りたてのキス二十尾余り、土産にかついできてくれた。

豪快、豪勢な日本海の魚を目の前にして、これは、是が非でも「ポリタイア」同人に集ってもらうよりほかにないと即断した。あわててあちこち電話する。

幸い芳賀檀、林富士男、真鍋呉夫諸氏らと編集の諸嬢《もろじょう》参集して、大いに飲む。

（昭和43年9月号）

祇園で

五味康祐（作家）

某月某日

祇園《ぎおん》祭りの晩、京都で馬鹿騒ぎしないかと水上勉に誘いをかける。「あかん。ゆうべ京都から帰ったばかしだ」柴錬を誘う。「明日から軽井沢へ行くことになっとる」「この涼しいのに避暑か?」「ゴルフだ」「綺麗《きれい》なタマと遊ぶんじゃねえのか」「お前さんとは違うぞ」もっと早目になぜ誘わんかと柴錬文句言う。仕方がない。ひとりで発《た》つことにする。

夕方、H社のS君より電あり。松岡きっこが逢いたがっていると。宜哉々々《よいかなよいかな》。赤坂の〝ニュー・ラテン〟で、落合う約束をする。ソワソワする。早速風呂に入る。おもえば一週間ぶりの入浴なり。

小生としては精一杯のおめかしで、他出。ラテンにすでにS君来ている。やがてきっこ嬢来る。美し。抱いて踊る勇気はなし、てれ臭いからステージ楽団に混ってコンガを敲《たた》く。彼女はもっぱらS君とお喋《しゃ》べり。ブランディ数杯。

河岸《かし》をかえようと〝コパカ・バーナ〟に行く。顔見知りの女性二、三に会う。きっこ嬢をはじめて抱いて踊る。彼女GO・GOを踊ろうと言う。小生チークダンスにしようと言う。互いに譲歩しあい、はじめGO・GO、あとチーク。楽団のイタリー人しきりに片目をとじる。わるい気はせんものなり。彼等も一緒に食事に誘う。ナイト・クラブのほうカンバンになってから、皆で二階のレストランで食事。S君はエスキモー人を女房に持つ男とて英語はペラペラの筈《はず》なり。バンド・マスターのイタリー人夫妻と盛んに歓談。こちらはツンボなれば話の内容わからず（英会話を解さぬためにあらず。念の為）。

食事中、コパのママも来てダべる。気がつくと小生相当酩酊し居たり。コパのあと、もう一軒。きっこ嬢に別れのキスをせなんだのが今にこころ残りである。朝四時帰宅。

某月某日
午後五時発の新幹線にて西下。都合よく雨やんでいる。京都駅にS君迎え出てくれている。彼は料亭〝京大和〟のあるじなり。勉、柴錬こられぬことを告げる。ついでに松岡きっこを誘ったがフラれたと白状する。「しようおまへんなあ。いつもの顔ぶれでやりまひょか」

ひと先ず〝京大和〟に落着き食事。ふと思いつき司馬遼太郎に電話。「今から来い？ソラあかんワ」原稿に追われる身では無理もなし、彼の切なさヨク分る。

S君の弟すがた見せる。柳橋の〝三田〟の令嬢と縁談とどのいしばかりなれば、目下ソワソワしとる。大の男がヨメはん貰うぐらいでそのザマは何ぞと叱る。「エ、へ、へ、へ……」嬉しそうに笑うところはいよいよ救い難きものあり。されど若いということは、よいものなり。

祇園のお茶屋より催促の電話。その子、子花《こはな》らいつもの顔触れ揃ったと。たしかに毎年、同じ顔触れで、自他ともに見ばえがせんなあと思うが、遊ぶの嫌いでなし、ひと風呂あびて出掛ける。

昨年のこの日は徹夜マージャンで小生ひとりカモられた。そう言えば昨年は民放のA氏、スペイン人P君らが同行した。律義者《りちぎもの》のP君は、マージャン知らんのにじっと小生のそばで観戦しておった。だから負けたんだ。ことしは違うぞ。

子花、その子といえば今や祇園の大姐さんである。いつ見ても綺麗やなあ、とお世辞言っておく。女将を交《まじ》えて遊ぶ。どうも意気あがらず。選挙の東光和尚の話出る。水上勉の『上《かみ》七軒なで斬《ぎ》り』の話出る。ほかに錦之助のこと、田村高広のこと。宿所〝京都阪口〟に帰ったのは午前五時。

某月某日

御池通りの鉾《ほこ》巡行を、京都ホテル三階の部屋から眺める約束になっていた。朝九時、「早よ迎えに来とくれやす」と子花より電話。われわれは午前六時に寝たのである。起きられるか！　小生はふとんを引っかぶる。しかし五時すぎまで起きていたのは姐さん連もかわりはなし。それがキチンと身支度《みじたく》をして待っている。いかにつとめとは言え、えらいもんだと夢うつつにおもう。フェミニストのS君は女性との約束は破棄できぬやさしい人間である。眠い眼をこすりこすり、車で迎えに行ったらしい。十一時ごろ、枕許の電話が鳴った。「きまへんのか？」「鉾通ったのか」「いま、通ってよりまっせ……」ねかしてくれ、と言って切る。

昼すぎ、こんどはホテルのグリルに一同揃っているからと弟君から電話がある。祇園祭りのヤマはこの日の正午で了《おわ》りである。「何しに京都へ来ましたンや？」かんべんしてくれ。こつちは宿酔《ふつかよ》いやと、あやまった。

三時前、ようやく目が覚める。S君枕許にいる。子花らはひと眠りしに帰ったという。夜、あらためて集合だという。そう言う彼も眠そうだが、じつは、京大附属病院に義姉を見舞うのも西下の目的の一つだったと言ったら「あの奈良のお姉さんですか？　よかったらお伴《とも》します」と言ってくれる。心づかいのやさしい男だ。好意に甘え、一緒に姉を見舞いに行く。思ったより元気そうだが、腎臓剔出《てきしゅつ》の手術を近くうけるので、心細いと言う。「その顔色なら大丈夫」無責任に励まして帰ろうとしたら、「五味さん、あんたこの頃怠けてるけど、そろそろ良い仕事せなあかんやないの」

仕事のことを言われると一言もなし。「そのうち、書きますよ」半ベソをかいて匆々《そうそう》に退散した。

夜七時。仮眠したS君と祇園のお茶屋へ。例によって例のごとく女将を交えたお遊び。小生一人負ける。ブランディ一本あける。相当酩酊。意気あがらざること前晩に同じ。きっこクンに電話しようかと思うが番号が分らぬ。『累《かさね》』の与右衛門を先代羽左衛門バリに演《や》るぞと言って、莫蓙《ござ》の代りに坐布団を引っ被《かつ》ぎ、花道を、タ、タ、タ……と引き戻す途中ぶっ倒れる。そのまま昏睡。S君に宿所へつれ帰ってもらったのは朝六時だったそうな（噫《ああ》われ老いたり）。

昼すぎ起床。頭痛癒《い》やさんと風呂で冷水をかぶる。かぶりながらデタラメの唄大声でうたう。今どき、こんな放蕩者は、文壇におらんのであろうか？　何たる愚行の日々ぞと反省はするが、反省するだけではいいもの書けんことに思いあたり、あらためて飲み直す。悠揚《ゆうよう》迫らぬ心境というやつを、一ぺん手に入れてみたいなあと思う。おもいつつ酔いのピッチあがる……

（昭和43年10月号）

阿呆失格

手塚治虫《おさむ》（漫画家）

某月某日

漫画集団の阿波踊り旅行団の出発である。

夜っぴて仕事をして来た幹事の小島功ダンナ、顔が干《ひ》からびていて生彩がない。仕事を片付けて、汽車に乗って、ガッタンと東京駅を出たとたんの解放感、たまんないね、ウオーッと叫びたくなるよ。と誰かが云ってたが、今日の功サンはむずかしい顔をして、会計の出光永ダンナと額《ひたい》を集め費用を計算中である。

「旅館代と鳴り物連（踊りの）の謝礼はわかってるけどさ、問題は、飲み代だ」

「たいした額じゃねえよ。それに岡部冬彦氏がアサヒビールに頼んで寄付してもらうことになったからよ」

「どこへとどけてくれるの？」

「徳島の足場の、酒の問屋にだ」

「だって酒の問屋へビールが届いたって、しようがねえじゃん」

そんな話に終始しながら、大阪で飛行機に乗り替えて高松空港へ。今夜は高松で一泊。旅館で着がえていると、思いがけずビールが届く。地元の新聞社からである。功サン、にわかに気が大きくなったか、

「まず晩めしはかるくやり、それから高松踊りに出かけて、帰ってから本格的に飲もうや」

と、かるくどころかグッグッと晩めし前の酒をあおっている。どうも彼の横の膳だと、勢いに呑まれて気が小さくなっていけない。

高松踊りの会場へ行き、何万人かの観衆の前で、一夜づけならぬ一時間づけの即成踊りを披露。ここで悟ったのは、踊りに行くとき飲むなということ。からだに悪いからではなく、結局飲んでもたちまち汗になって出てしまい酔う暇もないからソンであること。

宿へ帰ったら、とたんに大広間で乱痴気騒ぎになった。

「高松で、しかも祭の晩に、ライバルの阿波踊りのレコードをでっかくかけるやつが

とはどうしても見えないハッスルぶり。だんだん会計が心配になってきた。

某月某日

十時、旅館から徳島行きのバスにて出発。途中、宇土沼のハマチ養魚場へ立ち寄って飲む。ハマチというのは成魚になるまで五回名を変えるそうで、モジャコ、ワカナゴ、イナダ、ハマチ、ブリ……

「スズキってのは別の魚かい」

「あれも名を変えるそうだ。スズキが、キザになり、それからヨシジになる」と口のわるいのが云う。「キザッペ」という連載を書いている鈴木義司ダンナがにがい顔をする。

ほろ酔い気分で徳島につき、いよいよ本番がはじまる。そんなに飲んだ訳でもないのにだらしなくって、一回踊ったら主《おも》だったのがみんなダウンして酒問屋へ引き返しあるものか」

「構うもんか、やれやれ」

阿波踊りの練習が始まった。功サンなど、二、三年前人間ドックにはいっていた人てしまった。

「今頃は、おれ達のことをサカナに、問屋の冷房のきいた中でチビリチビリやってるぜ」

と、残った組がぼやきながら踊る。そのうちその酒問屋のチェーンの、大きな酒屋の前までくる。のどから手が出そうに飲みたい。

同行したそこの社長の鹿子《かのこ》さんが、

「この先に色町があるんですがね……そこでもう一回だけ踊っては……」

と惜しそうにおっしゃる。思い余って、ダウンした組の功サンに電話をかけたら、

「帰りのバスが出るぞ。はやく帰ってこい」

とのご命令で、酒屋と色町を前にしながら、うらめし気《げ》に引き揚げる。泥んこになって戻ったら、ダウン組は風呂へはいってサッパリして、盛んに飲んでいた。こりゃあ、踊る阿呆より見る阿呆のほうが、ずーっと利口らしい。

某月某日

旅行の経費がどのくらいかかったかを功サンに電話で訊《き》く。こっちも幹事のひとり

なので心配で。

「ああ、三十万ほどオーバーだ」

とアッサリ功サンが答える。予算はバッチリ組んだのだから、この三十万はおおよそ飲み代ということ。もちろん寄付のビールはぬきにしてである。

「なんとかなるさ」

こういうセリフがあっさり出て、こっちもなんとはなしになんとかなる気分になってしまう。

これをみても、銀座あたりのツケがふだんいかに大きいかが推しはかれようというもの。

今日はトコン大会というのに行く。トコンとはTOKONで、「東京コンベンション」の略。つまりSF、サイエンス・フィクションのマニアどもの集りだ。

酒も飲むが、食いぐせの悪いのがこの仲間で、小松左京、星新一、筒井康隆など、酒をサカナに飯を食うのである。そして食うほどに、ひどく口が悪くなる。

トコン大会のパーティは、日曜で建物の換気がうまくいっていなかった上に、せまいホールへイモのように詰めこんだので、悪酔いして暴れ出す若いのが居たりして、われわれは席をかえて飲みなおそう、いや、食いなおそうということになる。

「おれはだめだ。ホテルで四十枚あしたまでに書かにゃならん」と小松ダンナ。

「よし、じゃあみんなでホテルに邪魔しに行こうではないか」

だが、みんなは小松ダンナの怪人ぶりを知っている。彼は飲んでいようが、横でケンカをおっ始めようが、サッと一回分書いてしまうのだ。時々、顔を上げて、「え？何？」なんて訊いたりするが、またケロリとして書き続ける。それが一番傑作だったりする。

その彼がこんどテレビのワイド・ショーにホストで出ると聞いて、

「ホステスは誰？」

「水森亜土さ」

「そりゃあナンダよ、太ったのと小さいのの対照の妙ってことだけで、局が選んだんだ」

六本木のバー、キャンティへぞろぞろと出かける。星ダンナの注文でピンク・ワインを飲んで、バジリコという一種のマカロニを食うのが常である。彼も口の悪さでは人後におちない。

「手塚くん、こないだからソ連へ行く旅行団にしきりとさそってたが、ありゃ、二十人揃うと手塚くんの分がタダになるからだろう」

「バカ云え。そんならもう行かなくていいよ」

「おれは手塚くんがさそったから行くつもりでS誌の原稿を断った。損害賠償してくれ」

「ああ、おれも断った。おれにも損害賠償しろ」と小松ダンナ。

「しかし、ナンだ。手塚さんは何云ってもおこらないね。えらいね」

こっちは一生懸命酒のサカナになっているので、その気持を察して貰いたい処《ところ》である。

（昭和43年11月号）

七十歳の名妓たち

小松左京（作家）

某月某日

国際人類学会最終日が京都でおわった翌日、東京から京都へかけつけ、梅棹忠夫、泉靖一両先生のお力添えで、若手の人類学者諸氏に集っていただき、万博テーマ館の地下に展示する、世界各地域の、仮面、神像、民具などの収集の御依頼をする。——全世界十一地域への出発と、収集旅行のコース、品物の出荷のスケジュールなどを一日がかりでまとめ、ややほっとする。とはいえ、半年後に、世界中から集ってくる何千点もの品物を、保税倉庫で検収し、その中から展示につかえそうなものをしらべ、それから飾り付けにかかることを思うと、何だか重いものがズシンと肩にかかってきたみたいだ。

原稿があるのでまっすぐかえるつもりだったが、すでに秋色しのびよる京の街の夕景を見ては、つい渇きをおぼえ、加藤秀俊先生を電話でよび出し、先斗町《ぽんと》の「ますだ」で飲む。——「ますだ」は、狸のコレクションと、にしん、もろこ、おから、茄子《なす》の煮たの、たにし、春ならつくし、わらびなど、お惣菜《そうざい》風の肴《さかな》がうまいので有名。ずいぶんひさしぶりだというので、女主人のおたかはんに、例によってドスン！　ドシン！　と背中をたたかれて、はれあがる。——加藤先生、一九七〇年万博の年に開催される予定の「国際未来学会」のために、もうホテルを予約したとの事。

「そのホテル、どこにあるんです？」

「いや、まだ建ってないんだよ。これから基礎工事にかかるんだ」

いやはや、未来学ともなれば、気の早いこと。——いい機嫌で、加藤先生とわかれたが、なんとなくのみたらず、借金をはらいに、祇園「大恒《だいつね》」へ行く。桂米朝師匠が、京都の民放に来ていることを思い出し、よび出して合流。二つ目の桂朝丸くんといっしょ。米朝師匠、席につくや否や、

「ほれ、あの人呼んでくれ」

「あの人」とは、かつて近衛文麿公が三高の生徒だったころに、かわいがられたという老妓で——そのほか、これも七十をいくつもこえているお婆ちゃん芸者はん。米朝

師匠が祇園で芸者はんをよぶと、三人で年齢合計が二百をこえる、というのは有名な話だが、そろいもそろって大ベテランの名妓なので、その座の面白いことは無類だ。その上、小生なども、こういう人たちから、昔の祇園の話、お婆ちゃんたちが、舞妓はん時代にきいた姐さん方の話など、たっぷりしこめるので、玉代《ぎょくだい》はらってもお釣がくる。

朝丸クン、近衛公お馴染の老妓と「バラ拳《けん》」をやる。二十になるやならずの坊やが、七十こえる名妓とみごとにチョウチョウハッシと拳をうつさまは、見ていて不思議な感じがする。――朝丸クンをはじめ、上方《かみがた》の若手の落語家、特に米朝師匠の弟子は、若いのに実にしつけがよく、人柄もいい。芸熱心で、若いのに、ちゃんと「芸人」としての基盤ができかかっている。――米朝師匠の人柄にもよるだろうが、関西では、マスコミのおかしなディスタープがすくないせいだろうか？

酔って、米朝師匠の「名古屋甚句《じんく》」が出る。――老名妓の方は、地唄が出ようが、お能が出ようが、何でもござれ。米朝師匠の「名古屋甚句」は、松葉屋奴《やっこ》師匠のふりがついた絶品。二番目に、呑んべでおちぶれた亭主とわかれ再婚した女性が、夜の街角でふと先《せん》の亭主とあい、ふりはらって行こうとしながら、亭主の手もとにのこした子供への愛情、長年苦労した相手に、わかれてからかえっておこる憐みと気づかいにひかれ、ついつい話しこむ。この短いやりとりを、踊りの合間にしかた噺《ばなし》ではさみこむのだが、対話――それもほとんど女の方のせりふだけで描き出されるうらぶれた人生の哀歓、涙とおかしみは、まさに絶妙といってよく、最後に〽お前なんかに……でまた歌となって、女が行ってしまうあたりで、いつも笑いながら泣けそうになる。このふりとやりとりをつくった奴師匠――「せむしの釣」で有名な――といい、それを酒興の席でこれほど彫り深く演ずる米朝師匠といい、上方の芸人さんには、なまじなインテリなど、足もとによれぬほどの「味」がある。こういう芸や、照尾さんという七十こえた婆さん芸者の「四条の橋から灯《か》が一つ見える……」という歌などをきいていると、ええ畜生！ 仕事も家族も、何も彼もおっぽり出して、思いっきり道楽がしたい、とつくづく思う。

だいぶ乱れて、そろそろ立とうとすると、女将《おかみ》が、あちらのお部屋に、会田センセが来てはりまっせ、という。なんだなんだというわけで、会田雄次先生と合流して、関西ＴＶの若いのと、ああだこうだといっているうちに午前二時をすぎ、御帰館は午前四時前。酒二升余、ビール三本。

某月某日

東京で一仕事すんでから、例によって、星新一氏をさそい出し、筒井康隆、平井和正、豊田有恒などSF作家連と合流。――六本木キャンティで食っては飲む。星新一、ソ連月衛星ゾンド5号の回収について新聞社から意見をもとめられ、「あれが九州大学へおちたらおもしろいでしょうね」といった由。――まったくこの人のアタマの中はどういう風になってるんだろうと思う。――SF連中と飲む酒は、話題がムセキニンでムチャクチャになり、しかもどんなムチャクチャをいっても仲間うちなら安心していられるからいい。ソ連のチェコ侵入の時も、「義によって助太刀いたす、と、日本がソ連に宣戦布告したらどうだろう」という話が出た。「ドサクサまぎれにお得意の奇襲攻撃で、エトロフ、クナシリを占領しちまえばトクだ」

ソ連がおこって攻めて来たらどうする、というと、なにアメリカがまもってくれるさ、というやつや、その時は、カンニン！　といってやめればいい、などというやつもいて、天下泰平。星さんはニヤニヤ笑って、「今がチャンスですよ。ソ連へ行って、国際世論はどうでも、私はソ連の味方です、といってゴマをすれば、きっと勲章ぐらいもらえるよ」

酒のあと、みんな豊田氏宅へおしかけてマージャン。千点わずか二十円という低いレートなので、ミステリー作家などから、こよなくケイベツされている。星さんなどは、「いくら負けても、点棒と思うとくやしいが、金だと思えば何でもねえな」と、ニコニコしながらふりこんでいる。——一晩大体マージャン予算五百円を見とけばいいというのだから、気楽なものである。豊田夫人の手料理で、豊田氏宅のストックの酒をあらかた飲んじゃう。水割り六杯、ワイン三杯、ウイスキーコーク三杯。

（昭和43年12月号）

恥もまたたのし

川上宗薫（作家）

某月某日

生まれて初めて私は五人という多数に銀座のバーを奢る。

吉行淳之介、佐藤愛子、菊村到、浜野彰親、田中小実昌の諸氏に対してである。場所は〝眉〟。

昔、私は、連れていた女の子がすし屋でやたらとエビばかり食うので卒倒しそうになったという話を、なにかに書いたことがあり、そのことを、吉行氏はいつまでも憶えていて、私がなにか奢るというと、そのエビの話を持ち出して、

「大丈夫か？」

という。そう訊かれると、ごくあたりまえの気持であったのが、急に自分でも心もとなくなり、果して大丈夫か、と自問するような気持になってくるのが変である。

私は、女の子に頼んで、大声で、きょうは私の奢りだということを、ほかの客や女の子にも聞こえるようにいってもらったりした。

五人も連れて二軒廻れば、女にエビを食われた時のようになりそうなので、ずっと〝眉〟でねばり、あとは自由行動ということになった。

某月某日

二十二、三年ぶりに、昔の女友達に会う。

彼女は、長崎の私の中学からの友人の松田君の妹テル子さんだ。

銀座のエリートという喫茶店で夜落ち合い、それから、テル子さんの親戚の子が働いているという〝グレース〟という地下のクラブに行った。

船室を象《かたど》って造ったクラブらしい。

船室だとしたら、おそらく一等船室であろう。海外航路の一等船室などに乗ったことのない私にはもの珍らしい。

昔の話を聞いていると、私が忘れていることがかなりある。忘れている部分は恥ずかしいような事柄である。どうしてそういうことに、そのころ気がつかなかったかと思うようなことを、うまい工合に忘れている。

私が昔の友人と会うこわさの混じったような楽しみは、そういうような処にある。

テル子さんの親戚の子がうまくマネージメントしてくれたので、安く上がった。

某月某日

ある編集者の計らいで、また、二十年以上前の女友達と会うことができた。

その席には、作家の中山あい子さんも同席した。

旧姓藤田靖子さんと中山あい子さんとは、長崎の活水《かっすい》女学校の同窓である。ついでにいっておくと、先夜会ったテル子さんも活水出である。

藤田さんは私よりも年上で、若いころはフランス人形のような女だった。小柄で眼が大きくて、桜色の頬をしていて、おでこが広い。

そのフランス人形の面影が、五十に手が届こうとする現在でも、なお残っていた。

彼女は、私が若いころ、ギラギラと欲望を漲《みなぎ》らしていたというようなことをいった。

この時は、それほど恥ずかしいというようなことは、藤田さんの口から出なかった。

いくらスケベだといわれても、そういうことでは私は恥ずかしいとは思わない。

三笠会館で中華料理を食べ、それから、数寄屋橋通りにある〝数寄屋橋〟というクラブに行った。

すると、藤田さんがこういった。

「急に川上さんはいきいきとなったわね」

私は、中華料理を食べている時でもいきいきしているつもりだったので、〝数寄屋橋〟にきて急にいきいきとなったなどといわれたのは心外であった。

しかし、中山あい子さんも調子を合せて、「そうね。いきいきとなったわね」といったので、どうやら私自身気づかぬうちに、そんなふうになったらしい。

これも恥ずかしい次第である。

某月某日

銀座〝魔里〟で筒井康隆氏と飲んでいると、「酒」という雑誌の酒徒番付委員会の人たちが入ってきて、私に、前頭五枚目になったといった。そのほかに技能賞をやったともいった。

いったい、どこで前頭とか三役とかがきまるのか、よくわからない。それにもましてわからないのは技能賞ということである。なにかたいへん怪しい含みのようにも思われる。

筒井康隆氏は声がよくて、ディーン・マーチンの最初の、ディーン・マーチンが歌っている歌を得意としている。題名も文句も忘れたが、よく聞く歌である。私は、バーに行くと、ふざけて犬のものの食べまねをやってみたりする。筒井氏もつられて、そういうまねをやり始めたが、やめるきっかけを失い、両眼が少し寄ったような感じになってきた時には、みんな笑ってしまった。それは〝眉〟であったか〝魔里〟であったか、はっきり思い出せない。

某月某日

整形外科医の森川氏とずっと一緒だった。〝プチノンノン〟〝順子〟〝シャングリラ〟西銀座の〝薊《あざみ》〟〝数寄屋橋〟と廻り、〝薊〟のママや女の子たちと、赤坂に新しくできたサパークラブ、〝ポテトクラブ〟に行ってみる。

ビルの十一階にある。広々とおちついた雰囲気が取柄である。こういうところにくると、必ず知った女の子と出会う。〝眉〟の子や〝プチノンノン〟の子がきていた。

大ぜいなので、すぐ勘定のことを考え、めいめいの注文も訊かずに、ボーイに「ビール」と口走ってしまい、恥ずかしい思いをする。しかし、みんなが口々にビールがいいといってくれたので助かった。

某月某日

急性肝炎で入院し、退院してから三ヵ月になる。経過はきわめて良好であるので、初めはサッポロライトを飲んでいたのが、いまはビールやブドウ酒系統を口にするようになってきた。

円山雅也氏の出版記念パーティに出席したあと梶山氏にかなり奢られてしまった。最後は〝シルクロード〟である。

最近は、なるべく新しいクラブにも出入りするように心がけている。最近行った新しい処とは〝メルヘン〟とか〝あかぎ〟などである。そのほかに、新しいゴーゴーを踊れるクラブができたと聞けば、宮沢賢治ではないが、すぐに飛んで行くことにしている。

ただゴーゴーを踊るのが目的であれば〝ジャド〟が一番いい。ムードとか静けさとかいう点を考えれば、乃木坂から降りて右側にある〝ウエストゾーン〟や、平河町にあるパシャクラブと隣り合っている〝カシーナ〟などがよさそうだ。

私には、そういった店をよく知っているということを自慢にしたがる、子供じみたところがあるのである。

（昭和45年2月号）

ツキの酒

福地泡介（漫画家）

某月某日

吉行淳之介さんたちとマージャンをやる。やりながら、ぼくはときどき酒をのむ。ツイていないとき酒をのむとツキはじめることがある。あれは科学的にいうと酒でバイオリズムが変るからだそうだ。

ところがのみすぎるとバイオリズムもクソもなくなる。メチャクチャになる。気が大きくなってふりこもうが、大敗《おおま》けしようが平気になってしまってよくない。

この日、つかなくて負けがこんでいるところへ一滴二滴とツキのもとをたらしこんだ。バイオリズムがほどよい変りかたをして、一気に負けをとりかえし、終ったときには大勝していた。

吉行淳之介さんはマージャンのとき、酒をのまない。バイオリズムとは無関係に生きている人だからではなく、運転をするからである。

こちらは大勝して、しかも一杯はいって上キゲンである。酒もはいらず、今年になってずーっと負けつづける吉行さんは不キゲンである。不キゲンな人がこれから上キゲンな人を乗せて送るのである。

いつもの赤坂の「乃なみ」から吉行さんの自宅まで行く途中で降ろしてもらうとタクシー代が半分助かるので、申しわけないこととは思うがそのならわしになっている。いくら不キゲンでもならわしをそう簡単に破るわけにはいかないのである。そのならわしもならわしだが、吉行さんがわれわれを乗せる理由はもうひとつある。

ずーっと寒い路上にほうってあった車のヒーターはおいそれとあたたまらない。一人で乗るよりは二人三人で乗ったほうが車内はあたたかい。

赤坂を出発して少しあたたまったころ六本木で秋山庄太郎さんがまず放り出される。

生島治郎さんも途中でポイ。ヒーターが完全にきいたころがぼくの番である。

上キゲンなぼくは上キゲンついでに、

「ま、ムリな話だが、ちょっとハンドルをまわしてこの車がぼくの家の前まで行けばなおいいのだが……」

といってみたが、

「このヤロー、調子に乗りやがって」

と想像した通りの言葉が返ってきた。だけどこのあとの言葉は想像しなかった。

「だけど、三万円出せば、家まで送ってやらんこともないぞ」

もちろんこれは吉行さんの冗談だが、だけど冗談じゃなく、ひょっとしたら三万円出せばほんとに吉行さんが送ってくれそうな気配があったのは、少しこちらがよっぱらっていたせいか。

それにしても、バイオリズムを変えるためにだけちょっぴりのんだ酒である。タクシーで行けばせいぜい二、三百円のところ。三万円も出すほど酔っていなかったのであります。

某月某日

仲間の園山俊二と東海林《しょうじ》さだおとぼくとはほとんど酒量が同じである。

東海林の表現をかりるとぼくら三人はグダグダとのむ。

東海林は酒屋のせがれである。であるから学生時代からぼくの下宿には東海林が家から持ち出してくる特級酒があって、われらは酒に口がこえている。食い物はろくなものを食わなかったが、酒だけは特級酒をのんでいた。

いまでもだからうるさいところがある。

園山俊二は目をショボショボさせてのむ。

東海林さだおは顔をテカテカさせてのむ。

ぼくは、自分ではどうやってのんでいるかよくわからないが、おそらくブスッとしてのんでいるにちがいない。

とにかく三人ともギャーギャーさわぐ酒ではない。酒にうるさくて酒を味わってのんでいるように見える。女なんかいらぬ。酒さえのめばというように見える。

だけどほんとうはちがう。女もほしい。女とキャーキャーいいながらほんとうはのみたい。ところがもてない。園山は少しもてる。東海林とぼくはほとんどもてない。もてないから、男だけ三人でキャーキャーいってのむのもみっともなく、しかたなくショボショボ、テカテカ、ブスッとしてのむ。まとめるとグダグダのむ、となるのだろう。

新宿の「浜や」でよくのむ。たまには三人ともパリッとした女の子でもつれてらっしゃいよと「浜や」のオバサンはいうけど、今のところ可能性があるのは園山俊二だけである。

酒には口がこえているけど、女にはぜんぜん口がこえていないので、まちがったのを「浜や」へつれていきそうなのが東海林さだおである。どういうのがパリッとしていて、どういうのがパリッとしていないか知らないから心配である。

今日もグダグダとのみ、グダグダとわかれた。

某月某日

また「乃なみ」でマージャンをやった。今日は吉行さんが欠席で、そのかわりに初対面のえらい人が加わった。自民党のYさんという人である。

Yさんも車を運転するので、酒をのまない。こっちは例によってバイオリズムで一滴二滴。レイゲンあらたかに、ツカずに負けていたのをなんとかとりかえした。

本日は吉行さんの車のかわりにYさんの車である。

「お宅はどちらですか、家まで送りますよ、どうぞどうぞ」

三万円のサの字も口から出ない。冗談にも出ない。このちがいはどこからくるのか。

某月某日

園山も東海林もマージャンができない。いくら教えてもだめなので、本人たちもあきらめている。

マージャンはやらないけど、ツクとツカないということはよく口にする。

東海林はこのごろ女性に縁がないことをもてないといわないで、ツカないといいはじめた。

もてている状態をツイているといい、もてないのをツイてないというのである。ツキさえ自分にまわってくれば女性なんかいくらでももと思いはじめたようである。

東海林にそういわれると、こっちもそうかもしれないと思うようになった。

今にツキがまわってくると信じている東海林と「浜や」でのんだ。

ツキならばバイオリズムをかえるためにちょっぴりのめばいいものをドッとのんだ。

あんなにのんだんじゃバイオリズムもクソもないのである。

もてないのでドッとのむのである。ドッとのむからツキはまわってこないのである。

悪循環なのである。マージャンのようにうまくいかないのであります。

（昭和45年4月号）

わらい酒

滝田ゆう（漫画家）

某月某日

文春漫画賞有力候補とのことで昨日から文春のY氏とカメラマンのI氏とずーっと一緒、昨日はテレビの歌謡番組のビデオ撮りに参加、それから上野池之端のトルコ風呂、鳩の街界隈で一ッパイやってもと赤線の旅館に一泊。そして本日は……まっ、あっちこっちいって、夕方玉の井の〝美濃屋〟へ。ついこのあいだもマリリン・モンローの先生がおみえになりましたのよと野坂さん好みの白百合の彼女がいろいろと、ど、ぜうなんか入れてくれたり、よせなべをぐつぐつやってくれたり……下駄そろえてくれたり……まっ……それだけでしたけどぼくはなぜかはしゃいでいたようだ。いやぼくだけではない、YもIもヘラヘラ笑ってた。なぜだ、なぜだろう、きっと……きっと……うれしかったんだよ〜〜……って星イは何でも知っているウ〜〜♬、オレ、彼女にあわせる顔がないス、Yのヤツが余計なこというからいけないんだ。そしたらIのヤローまで「ハハハ、ぼくは縁起いいんです。五木さんのときもぼくが……ハハハ……撮った。ハーハハハ」ってやめときゃよかったよなあ、ウハハハーッ、でも例のチューハイ口あたりいいなあ、ぼく五杯はおかわりしちゃったのネ。そいからおネコさんも撮りましょてんで美濃屋中おっかけたけどとうとう縁の下にかけこんじゃったのネ。ど、ぜ、うもわざと畳におとしてキャアキャアいいながらつかまえたりしてたのネ。ゆかたきて、下駄はいて、ズダ袋に風呂敷包みもって、まアるいオットッコッ、何処へ行く……か。かくて数日後の某月某日、夜九時頃Y&I氏より有力候補落選の電話あり、再び三人そろって国分寺にて夜半までバカ笑いのざんねんコンパッ。

某月某日

朝、七時半。目が覚めたら……あっそうかここは新宿花園旅館。普段ならここで冷蔵庫あけて酔い覚めのコーラ千両とこうくるところだが、ここは殺風景な四畳半、掛け軸なしの凹《へこ》の間に旧式テレビが一コ、やむなく台所へ出ばって顔なじみのおばちゃんに熱いお茶に梅干しもらって完全に目覚めるまでの暫し昨夜《ゆんべ》の軌跡をおぼろにたどる……そういえば昨日は晴れてカンヅメ明けのいい陽気、とにかくぶらぶらとわが家にかえろうと中央線にのったのが三時半頃、どういうわけか乗った電車は上りでぼくンちは下り、このままかえっちゃ子供の使いに等しいてんで無意識のうちに上りをえらんだのでしょう。神田にツケが残ってるバーがあり、四時にはあくはずだからと殊勝に心がうごいたそのつもりがまたまた想いは目黒に……そして目黒に飛ぶ。目黒は想い出の町である。ひとりもんの頃、大鳥神社のそばに単行本の漫画出版社があり、ぼくはもっぱらそこの仕事をしていた。原稿と引替えになにがしかの稿料をいただいて嬉々として権之助坂の呑み屋横丁〝栄坊〟へ走る。五年程前にきたとき改装されてムカシの面影もなくがっかりしたがその栄坊が今またムカシ風に戻っていてバンタンならではの雰囲気にぼくは感激した。バンタンというのは焼酎のタンサン割りつまりチューハイのことで、バンとは瞼の母のバンバのチュータローのバンでありタンはそのままタンサンの略、酎だけほしいときは「バン一丁オ〰〰」とこうなる。オッサンも相変らずで「いよオ〰〰っめずらしい〰〰!!」と忘れないでいてくれた。つづいてななめ前の〝ホワイトローズ〟のママさんも健在、息子も二十五になったわよとムカシの話に続いていくらか残ってたツケもどうやら時効の兆しがみえた。さらにつづいて目黒しんばしのたもとの〝紫〟。ここのツケはずーっと前に書留でおくっといたからえばったもんで、ここにはあの頃からいた女の子がプクーっと太っちゃって「じばらぐウ〰〰」てな感じでレジの傍《そば》に座っていた。あちこちと結構呑んで家へ直行するつもりのタクシーを新宿でおりちゃったとこういうわけで花園はゴールデン街〝まえだ〟を経て……そうでした、いきつけの花園旅館でダウンしたのです。

某月某日

午後の二時だというのにラジオの歌謡曲きいてたらふっと呑みたくなって隣の国分寺へ出むく。ちょこっと呑んですぐ帰るつもり、とにかくとりあえず呑んでまたすぐ家に帰ろうと思うときいく大衆酒場〝戸村〟へは、国立へ引越してきてからあしかけ六年、せっせと通っている。この店、どこがどうのというのじゃないが、もつやき酒場のくせに生意気に自動ドアかなんかくっつけちゃって、間口は一間半位のくせに奥行きはあれ十間近くあるんじゃないだろうか。つきあたりが座敷でそのあがりかまちのあたりにこれまた生意気にジュークボックスがおいてあり中身はもちろん歌謡曲、酒は北海道のヒハノホハへ、口あたりがいいのでついコップでくいくいやってしまう。

いくたんび自家用のおかずかなんかがひょいとサービスにでてくるので感激している。店は大体夕方からだが二時頃から準備にとりかかっている。その準備中なじみのよしみ？ をいいことに、ずうずうしく入りこんでもつを串にさしてるのを横手にみながら一人しみじみ呑むという寸法。ホロッとくる頃客もチラホラ、そしてジュークの〜こんなに〰〰別れが〰〰苦しい〰〰ものなら〰〰、二度と〰〰恋など〰〰したく〰〰はないわア〰〰……って関係ないけどもう一本、でもかえりはまっすぐわが家にかえる。要するにまっぴるまから酒呑んでたって話。

某月某日

ぼくはメッタに晩酌はやらない、しかしたまにはやる。お湯からかえってマーケットのトンカツでビールをキューーッとやって「イヒーッ、ナンテマガインデショ」なんてのは十一年前のあの頃あたり、もっとも色っぽいのばかりが晩酌じゃなし、一人、勝手にノーガキこきこき、はしゃいでやるのもまた晩酌、そこで今夜はめずらしく予定通りに仕事もあがった、しかも明け方ではない、テレビの歌謡曲番組がトントンつづいている八時前、そうです今夜はまったく久しぶり、のんびりと歌謡曲を肴に一ッパイやるのです。どちらかというとぼくは肴で呑むタチで（なにもなければそれでよい、やっぱし呑む）口に入れる肴にしても、まっ、たまさか夕餉《ばんめし》のお膳にお刺身などがのっかってたと思し召せ、とそこでぼくはどなる「これでゴハンを喰う手はない呑むべきである‼」そこで今夜はそのたまさかでもあり、仕事の見通しも明るいようだし夕めしぬいてまっていたのです。締切り目前にして呑む酒も格別なら一区切りつけて呑む酒もまた格別、呑んでりゃいつも格別……江戸のオンナはア粋づくりイ〰〰、フヒヒノオハへ本づくりイ〰〰って、オ〰〰スッ、今夜は腰すえていこう、トクントクントクン、キュー、う〰〰んしぶいぜ‼

（昭和46年8月号）

「女の意地」作詞・作曲　鈴木道明

八十三の春

阿川弘之（作家）

某月某日

志賀直哉先生が亡くなられてから、康子夫人はほとんど外へ出られない。先生の遺骨を安置した日本間で、静かにそっと暮しておられる。始終メソメソというわけではないけれども、話していると、ふとしめっぽくなることもある。少しは気が変るようにと、旅や外での食事にお誘いしてみても、「駄目なことよ」と例の笑顔で首を横に振られるだけ。直吉さん（志賀先生令息）の説明では、

「箱入り婆さんだからね。何しろ、一人でよそで御馳走になったことがないっていうんだから、どうもしようがないよ」

とのことである。

それではと、里見弴先生の発案で、豪華本「玄人素人」の完成を機に、こちらから

渋谷の家へ御馳走になりに上ることになった。

里見さん、吉井画廊主人吉井長三氏、「玄人素人」を出した座右宝刊行会の後藤茂樹氏、女婿安場保文さん夫妻、直吉さん、私ら総勢七、八名。

先生が亡くなっても、志賀家の味は変らない。山海の珍味あり。酔うほどに里見さん談論風発、若き日の思い出、尽くるところを知らず。康子夫人の楽しそうな様子に一同安心し、余勢をかって、食後夫人と安場貴美子さんだけ残し、銀座へ繰り出す。

エスポワールのマダムは里見さんとは戦前からの知り合い、有島家の末弟故行郎氏の家の向いに住んでいるせいもあって、驚き喜んで迎えてくれる。

なじみの流しが入って来るや、「お江戸日本橋」「祇園小唄」から明治の軍歌まで、里見さんホステスと相擁して歌われることしきり。直吉さん曰く。

「おやじはこういうとこでは、もてなかったでしょうねえ？」

里見さん答えて曰く。

「そうだねえ。うん。固くなっちまうんでね。平素のあの洒落《しゃれ》やユーモアが出て来ないんだよ」

語り、歌い、飲むうちに里見さんは一層の御機嫌にて、いっかな帰ろうとの仰せがない。顔色つやつやとして、八十三歳とはとても思えない。数年前、私が山本五十六長官戦死の地ブーゲンビル島へ旅して帰って来た時、

「一度僕も連れてけ」

と言われたのを思い出す。

堀悌吉提督、原田熊雄氏、佐野直吉氏らを通じて山本の人柄を知っておられたせいもあるが、八十の里見さんにソロモン群島へ連れて行けと言われたのには驚いた。深夜、三十歳年下の私の方が降参して、先に仕事場へ引き上げる。

某月某日

ペンクラブ理事会の帰り、三浦朱門、遠藤周作、徳田雅彦氏、大久保房男氏らと共に赤坂の天ぷら屋へ行く。

「せっかく阿川がおごってくれるいうのに、大久保ハン、もっと高いとこへ行こうや」

と遠藤がわめく。

おごる所以《ゆえん》は、みんな勘づいている。今年の秋、日本ペンクラブ主催で世界中の日

本文化研究者を招いて京都で国際会議をひらく。意義のある催しであることは充分認めるが、私は自分の小説は一応別としても、今年、志賀直哉全集編纂の仕事が控えている。双方中途半端になることはまことに好ましからず。専務理事としての進退を相談する。徳田さんが一番同情を示してくれるが、遠藤も三浦も、結局「いいよ」とは言わない。大久保よりある種の内約を得たことで、ついにあきらめることにする。高いも安いもありはしない。

酔いざましに、別の友人らと麻雀をして大敗。

某月某日

長女佐和子、ぶら下りの恰好にて慶応文学部の入学試験にパス。娘の受験に関しては、遠藤が色々助言をしてくれた。その親切はありがたく思っているけれども、別に金を積んで裏口入学をさせてもらったわけではない。にもかかわらず、遠藤より電話あり、

「二百万円ほど届けてもらおうか」

よってあり合せの品物をやたらに袋につめこみ、目録を作成する。

「一、故ケネディ大統領御愛飲テネシー産ヰスキー　一瓶
一、故ドゴール大統領御秘蔵本朝甲州産白葡萄酒　一瓶
一、英国王室御用極上ハバナ葉巻　一箱
一、皇室御用達特製洋生菓子　一折
一、紀州徳川家御好ミ鳴門鮮若布　一包
右時価総額弐百万円豚女佐和子入学内祝トシテ及御届候間芽出度御受納被下度候
昭和四十七年三月吉日
後学　阿川弘之
雲谷斎遠藤周作先生」

町田へ行くに遠藤夫婦留守。帰って残りの白葡萄酒で娘を相手に一杯飲む。遠藤から電話がかかって来る。

「お前、あれ、ハワイで買って来た免税品ともらいもんばっかりやないか。こっちもなあ、浩宮様御愛用三色アルミ弁当箱いうの、お祝いに届けたるわ」

某月某日

東大国文の同級生長谷川泉が鷗外研究の三部作を完成した祝いの会が、上野の精養軒でひらかれる。

同級の安川定男が司会。国文関係の知人に大勢会う。川端さんも国文科の先輩。久松潜一先生の顔も見える。サイデンステッカー氏、ヴィリエルモ氏らも来ている。

何人目かに、同級生代表として挨拶を求められる。

「私どもは戦争中で、実に勉強しないクラスでした。卒業の口述試験で、久松先生から本居宣長の著作を挙げなさいと言われて、本居宣長全集と答えたのがおります。先生の方が狼狽なすって、それはどういう本ですかと聞かれたら、和綴じの本ですと言ったそうであります。そういう戦中派のクラスからも、安川の有島武郎研究につづいて、長谷川のこんな立派な鷗外研究が出て来たことを、嬉しく感深く存じます」

というようなことを言った。

当時は困った連中だと思っておられたろうが、遠い昔の話で、久松先生は温顔をほころばせて下さった。

（昭和47年6月号）

朝焼け夜空

安岡章太郎（作家）

某月某日

午前四時、犬の鳴き声で眼をさます。紀州犬は決して吠えぬという近藤啓太郎の推薦で飼いはじめた犬であるが、なるほど吠えない代りにクスンクスンと、人間のような声で鳴くようになった。庭で早朝、人間が泣いていると思われては、近所となりの外聞も悪く、仕方がないので、直ぐに散歩に連れ出す。

れいによって多摩川べりまで行くと、けさも草野球チームが、はやくも掛け声もいさましく、練習をやっている。時計をみると、まだ四時半。この連中、いったい何時に起きて、ここへやってきたのだろう？ どうせプロではないのだから、いくら練習をしたって一文のトクにもなるわけはないのに、まさに無償の情熱である。もっとも彼等から見れば、いい年をしたオッサンが、この早朝、犬を連れてこんなところをフラフラしているのは、いったい何のためか、理解に苦しむところかも知れぬ。

やがて真っ赤な太陽が土堤の上にのぼるのを見て、帰途につく。

庭に水をやり、朝風呂に一人ではいって、風呂から上ると女房と子供が起きてきた。三人で朝食。食い終って小生は、もう一度、寝床に入る。

午前十時、再度起床。きょうは午後から、カナダのトロント大学の鶴田氏と二人で、荻窪の井伏鱒二氏を訪問する約束だから、それまでに少し原稿をかせがなければならないのだが、一向に気乗りせず、結局、午後二時までブラブラする。

午後二時半、井伏邸訪問。庭の方からまいる。先客あり。

井伏さんのお宅へうかがうのは、二年半ぶりぐらいだろうか。いつの間にか庭にすっかり苔がついている。この苔は、郷里から送られてきたマツタケについていたものなる由。井伏さんご自慢のナギの木は、葉っぱの色がずいぶん濃くなっている。

最初に、紅茶が出る。きょうはB社の原稿のギリギリのしめきりであるから、お酒が出ないうちにおいとましよう、と思いながらユックリお茶を飲んでいるうちに、早くも冷しソウメンが出た。これは、お酒が出る前兆である。

井伏さんは健康に留意されているのであろう、お酒を上るまえに必ず何か召し上る。サンドイッチ、おむすび、その他、ピクニックのお弁当のようなものを何かしら召し上ったのちに、やおらお酒が始まる。昔、坂口安吾氏と一度だけお酒を飲んだことがあるが、安吾さんもやはり健康に気をつかっていた。しかし、その健康法はあまり効果はなさそうであった。つまり安吾さんは、ウイスキーを必ず水割にするのだが、その水割はウイスキー八分に水二分ぐらいで、水はほんのオマジナイ程度にしか入れない。それぐらいなら、いっそストレートで飲めばいいと思うのに、ウイスキーの上にちょろちょろと水を申し訳のように注いでから飲むのである。……安吾さんは大体、私がビールを飲むのと同じ速度でウイスキーを飲んだ。つまり私がビール一本飲む間に安吾さんはウイスキー一と瓶あけるのである。私はそのときビール二本ご馳走になったが、安吾さんはサントリーの角瓶を一人でほとんど二本カラにした。安吾さんは酔っ払うと強暴になるという噂があったが、そのときは最後まで機嫌よく、むしろ大変やさしい心根の人のように思われた。

さて私は、井伏さんのお宅で、もうそろそろおいとましなければ、と腰を浮かせかけていると、電話がかかってきた。B社のS君からである。先輩のお宅にうかがっているとき、追い駈けて電話をかけられると、何となくツケ馬につけられたみたいで非常に具合が悪い。私は、かえって席が立ちにくいような感じになって、何とかシメキリをのばして貰えないか、とたのんだ。結局、一日だけのばして貰うことになった。こういうときの一日の猶予は、ふだんの一週間か十日分ぐらいの余裕を心理的に生じる。S君に感謝して、私は安んじてウイスキーをご馳走になることにする。

鶴田氏はカナダから持参した版画を井伏さんに献上した。エスキモーが氷を割って魚を釣っている図である。こちらで所謂「穴づり」と称するものと大体同じやり方らしい。トロント大学には、井伏さんのファンのチェッコ人の教授がいて、それでわざわざこの版画を鶴田氏に託したというわけだ。鶴田氏は、何とかして井伏さんをカナダの大学に呼びたいらしく、それで一生懸命カナダの魚釣りが、いかに愉しいかということを力説するのである。

「魚が湖の底から、こう右に左に体を揺りながら上ってくるのは、じつにキレイなもんです。日本では、ちょっとこういう美しい釣りは味わえないです」等々……。

しかし井伏さんは、にこにこ笑いながら、とうとう、

「それじゃカナダへ行ってみよう」

とは言われなかった。

「ボクは飛行機はダメだね、安岡くんと同じで落ちるものは嫌いだからね」

しかし私は飛行機が落ちることは、あまり心配しないのである。そんなことより、もし私がカナダに行くとなったら、この穴づりの氷の穴に落っこちないかと心配である。氷の上で釣りをしていて、力の強い魚に引っぱられたり、足を滑らせないとは限らない。人口稀薄のカナダで氷の穴に落ちたら、まず助かりっこない。

話がはずんで、いつの間にか、あたりは暗くなった。

「昔このへんを、よく馬子が馬車をひいて通ったものだ」と井伏さんは垣根の外を指さしていわれる。

「午前三時半頃、酔っぱらって帰ってくると、市場へかよう百姓が荷を積んだ馬車をひいて通る。そのゴトンゴトンいう音をきくと、何となく緊張したもんだ。ああ、こんなに早くから働きに出掛ける人もいる、とね……」

話をうかがいながら、私は、けさの多摩川の河原の野球練習風景を憶い出していた。あの連中も、おそらく三時頃には飛び起きて、ライトバンか何かを素っとばして、あの河原へやってきたに違いない。遊びごととはいえ彼等の熱心さに、私は何か異様な感銘をうけていたが、いまの井伏さんの話をきくと、やっぱりいまの若者より昔の百姓の方が、同じ早起きをするのでも沈鬱なおもむきがあって、緊張感をおぼえさせられるようだ。

夜は、だんだん更けてきた。しかし空には商店街の灯が仄赤くうつっていた。

（昭和47年9月号）

酒徒とのつき合い

田辺聖子（作家）

某月某日

筒井康隆さんが神戸へひっこしてきたから、私は大よろこびで新築の家を見にいった。豪邸。玄関なんか、「料亭・筒の家《や》」という感じ、さすが文壇三美男の一人のイレモノにふさわしい。二階のテラスから海が見え、町の灯もみえます。テラスでバーベキューできるように、ガス栓つけたあんねん、と筒井さんは自慢していた。それから、応接間でステレオかけて夜中踊ってても、近所は大丈夫やとうけあった。この人、遊ぶことばっかり考えてはんねん。私と一しょだ。

いろんなオクスリを見せてくれて、はしゃいでいた。しかし私は眠がりなので、よけい眠たくなるオクスリは困るのだ。「眠たくならないオクスリはないの？」というとそれもある、と威ばっている。筒井さんがあっちを向いてるすきに、そいつを少し、ぬすんでやった。暑いので私はビールと水割り、筒井さんは水割りでのむ。八時頃から一時ぐらいまでのんでたのではないか。このあいだ酔っぱらって筒井さんはさる神社へいき、賽銭箱の上で踊って箱をふみつぶしてしまった、という話をしていた。（筒井さんは友人が犯人だというがわかるもんか）その神罰、タタリで直木賞おっこったんだという。毎日、五百円おさいせんあげて、神サンにお詫びしててんねん、と筒井さんはいっていた。

さすが垂水《たるみ》で、魚や貝のごちそうがおいしかった。若くって可愛らしい奥さまと共に、秀逸であった。

家、夫人、料理、筒井康隆にすぎたるものというべし。

しかし男前の筒井さんを前に飲む酒は、やはり廻りがはやいようであります。

某月某日

奈良本辰也センセイは強いなあ。（お酒のほう）８の会という、サントリーの肝煎りで行なわれる、飲む会があって、私は奈良本センセイと一緒になった。センセイは筋金入りの酒豪で、同じコップ、同じ色の液体にみえるが、私のはビール、センセイはウイスキーのストレート、共にグイグイやって私の方が先に酔っ払ってしまう。センセイは飲むほどに談論風発、私はもう酔っぱらって、吉田松陰も坂本竜馬もごっちゃになって、「なぜ吉田松陰が新選組に斬られたのか?」と考えていると、なおおかしくなって、何が何だかわからんようになる。

しかも尚センセイは姿勢も崩さず顔色もかえず、急ピッチでおいしそうに飲む。

「センセイ、毎晩飲んだりますのん?」

「うむ。夜は七時から十二時まで飲む」

オバケ! こんな酒豪にかなうはずはないだろう。

某月某日

「マキシム」へ食べにおいで、と杉本苑子さんがいうから、私は東京までいった。曽野綾子さんと津村節子さんとで四人、一年一度の散財をしようというわけ。何だか十九世紀のパリへまよいこんだような店のたたずまいで、いやに給仕さんがたくさんいた。いろいろたべた中では、エスカルゴとムール貝のスープがおいしかった。飲みものは、白ブドウ酒だが、曽野さんはこのあと車をころがして帰るから飲まぬという。

杉本さんは、酒のイケない婦人で、ジンジャーエール、結局、私と津村さんで一本のワインをのむなさけなさ。ちょっとぐらい、ええやないの、と曽野さんをみんなでけしかけたが、けなげにも彼女は国禁を守るというので、グラスにはつがずじまい。

そのかわりおしゃべりとたべる方でうめあわせ。

曽野さんはこのあいだ行ったインドの写真をみせてくれた。人糞だらけの神殿、そういう写真を、善美をつくした豪華な西洋料理店の店内で見るのは、また、かくべつの風趣であった。曽野さん大声で解説し、ボーイ、こっち見る。

「ゼヒ、インドは見ていらっしゃいよ」

と曽野さんにいわれて私は大いに心うごく。杉本お苑は親孝行者で、「父母いますときは遠く遊ばず」である。津村お節は、亭主孝行で「亭主いますときは遠く浮かれず」である。私だけ遊心をそそられる。

亭主といえば、曽野さんの夫君の三浦朱門さんが、今日、いっしょにいくとダダをこねたよし、男コドモの出る幕ではないのダ。

いちばんよくたべたのはお苑さんであった。（みんなより、鴨料理一皿分多い）いちばん食いしんぼうは、私であった。（何しろ、大阪から五百キロの道を遠しとせず

して出かけたのだ）

六時から九時まで、食べ、かつ、しゃべる。

しかし曽野さんは実にタフで認識をあらたにした。これから車で三浦三崎まで帰るというのだ。柳に雪折れなしの見本みたいな美人である。

某月某日

釣師の田村竹石さんという中年（六十五歳）の男性と飛田新地の中にある料理屋で飲む。

この店は遊廓時代そのままのたたずまい。酒は「花衣」樽のにおいがプーンときておいしい。たちまち五六杯並べる。

釣師というのは酒好き話好き、とくに渓流師は健脚だから、たいてい、元気で、年よりは若くみえるものだ。

「ご婦人の前ですが」「ハア」「廓は必要ですぞ」「ハハア」「その代り、働らいてる婦人には三月にいっぺん……」「検診ですか？」「いや、本人に聞くのです。あんた、まだこの仕事つづけたいですか、どうですか、と。搾取や強制だけはいけませんからな」

長老の故智、学ぶべし。

某月某日

野坂昭如さんと飲んでこまること。

「トイレいく？　あそこにあるよ。いく？　いかへん？　大分ビール飲んだのにな」いって帰ると、「長いなあ、大便してきたんか」

もっと小さな声でいってほしい。

「今日の服は緑色である所をみると田辺サンはアンネではないのだ。女はあれの時はたいてい黒や紺や赤を着るのだ」キライ。水割り十ぱい目くらいから、「やらせろー」と叫ぶよ。それから手や足を触りにきたりする。「昭ちゃん何です、人さまの前で！」へへ、エへへなんて笑って、もうちょっとすると唄をうたってくれる。仕事を忘れるために飲むときの酒は、野坂さんとだと楽しいなあ。

（昭和47年11月号）

かくてありなん

渡辺淳一（作家）

某月某日（木）

漫画家の工藤恒美氏とT社のM編集局長、編集のTさんと四人で銀座「浜作」へ行く。

この冬二度目の河豚《ふぐ》を食べる。一度目は十一月の半ばに、下関市で、津村節子氏と一緒だったが、このときは肝《きも》がでた。

この肝が危険とわかるまでに、何人の犠牲者がでたことか。現在の美味は、その犠牲者の上に成り立っている。このあたり、実験医学の理屈に似ているなどと思う。

今回は肝は出なかったが、白子椀が美味《おい》しい。

河豚が出ては鰭《ひれ》酒を飲まないわけにはいかない。

以前は鰭をいつまでもグラスのなかに入れておいたが、長く入れておくと、かえってまずくなる。

戦後の食糧難時代に育ったせいか、なんでも残しておけばいいと思ってしまう。

浜作を出てから「眉」へ。

工藤恒美氏には連載中の「婦人公論」のエッセイに、挿絵を頼んでいる。というより、札幌の中学時代の同級生である。

そのころから彼は漫画を描いていて、クラスの人気者だった。多才な彼は、漫画以外に腹話術でもプロクラスである。事実、漫画で食べていけないころは、腹話術で生活していたはずだ。

一度お座敷で、芸者さんを人形になぞらえて腹話術をやったのを見たことがあるが、絶品だった。

早速ホステス達が所望したが、さすがにクラブでは勝手が違うのか、やらなかった。プロの芸だから、無料《ただ》ではやらないというのも筋だ。

「眉」を出てから、Tさんと二人でもう一軒廻り、六本木の「ろっぽん樹」で再び合流。ここのママは札幌出身で、工藤氏も僕も知っている。

店はあまり大きくないが、ピアノもあり、歌って踊れる。

　ここでも工藤氏は多才ぶりを発揮して、プロ顔負けの歌を歌う。音痴の僕はひたすらウイスキーを飲み、かなりの酩酊。

　気がつくと午前二時。スタートが遅かったが、それにしても時間が経つのは早い。近い順に青山のM氏宅。工藤宅と廻って（このあたりは眠っていた）拙宅へ着いたのは午前三時。Tさんに起されて、目が醒める。

　家に戻ると急に目が冴え、眠られぬまま夕刊フジの原稿を書きはじめるが、一本でダウン。

某月某日（金）
　某週刊誌主催の文壇囲碁大会が市谷の日本棋院であり、午後二時に出かける。
　碁のほうは今回初めて出たが、いきなり四段の近藤啓太郎氏にぶつかる。ハンディは二目。もちろんこちらが置くほう。
　近藤さんは、僕が定石に弱いと知って、小目への一間がかりに、外づけという面倒なことをやってきた。

たっぷり考えた末、思ったとおり間違う。そのままミスを重ねて、形勢悪しとあきらめて、数えてみると十目前後勝っている。

これは捨てたものではない、と欲が湧いたのが悪かった。その直後、大ポカで五目負けの逆転をくらう。

近藤さん、例の大声でケラケラ。

敗因は第一に昨夜の深酒。第二に近藤さんの口にのせられたこと。次回は定石を覚えて、前夜は酒を慎しむこと。

今回の優勝は富島健夫氏。賞金十万円と林海峯署名とかの碁盤をもらって上機嫌。恩師の女流の小林五段等と沖縄料理店とかへ消える。

近藤さん、星新一氏、小生の負け組三人は、残念会ということで銀座へ。

三軒まわって寿司屋へ行って、家に戻ったら、やはり午前三時。

二日続きで、さすがに深夜原稿を書く気力はなし。

「もう酒は止めよう」

にわかに自己嫌悪にとりつかれて床にもぐり込む。

某月某日（土）

午後四時から、数寄屋通りの「パルコ・ザザ」で、札幌南高の同期会。

連夜の深酒で、さすがに頭は重い。

四時にようやく締切りの原稿を上げ、一休みして五時にでかける。「パルコ・ザザ」は、同じ南高出身の先輩の経営で、七時まで貸し切りとか。かつては高級クラブだったが、いまはムードのいい大型スナックといったところ。

六時に行くと、すでに四十人ほど集っている。

高校は二十七年卒だが、日銀のエリートから、大商社の課長クラス、教授、自営業、画家、建築家とさまざまだ。

当時は、いまほど受験戦争も厳しくなく、男女共学になったばかりで暢気《のんき》なものだった。

おかげで、出席者のなかには女性も多い。

いずれも若いが、特に独身の女性は、われわれと同じ年齢とは、とても思えない。

男のほうは、よくいうと貫禄がつき、悪くいうと老けたが、一応、花の中年と豪語する。

こういう会は余程熱心な幹事がいなければ長続きしないものだが、同期の赤石、水町、藍といった仲間がよくやってくれる。

さすがに三日連続とあっては、あまり飲む気もおきず、控え目にしていたが、昔の仲間と話すうちに、次第にピッチがあがる。

八時解散の予定が十時まで延長で、そのあと再び六人で「ろっぽん樹」へ。

もう一軒ということになったがさすがに疲れて、十二時過ぎに渋谷の仕事場へ直行。残っていた原稿を書くつもりだったが、着くなりベッドに横になって、気がつくと三時。

そのあと、風呂へ入って、ぽつぽつ書きはじめたが調子が出ない。

明け方六時にまた眠る。

少し眠ってはまた起き、また眠る。犬のようだと、ふと思う。

それにしても、この三日間はよく飲んだ。

だが、かなりの深酔いと思っても、一夜眠ると、アルコール気だけは大体抜けている。

これ、すべて肝臓の働きのおかげ。いつも肝臓には深謝している。できることなら一度、慰めてやりたいと思うが、そのためにはやはり禁酒かな。

年末はまだまだ飲むことが続きそうだ。

「昨日また、かくてありなん。今日もまた、かくてありなん。……」

酔ってトイレなどに立っていると、つい、この言葉が口から出る。

（昭和52年2月号）

日々疲々

笹沢左保（作家）

某月某日

なぜか、テレビ・ドラマに出演の声がかかる。作家の役でチョイ出はいやだと辞退すると、出番も台詞《せりふ》も少なくない脚本が届いた。なぜか、警察署長の役である。オーケーするほかはないが、二日ほど大船まで通わなければならない。片平なぎさ君と岡田奈々君、この二人とのカラミのシーンばかりというのが、せめてもの慰めだ。二日とも、朝は早いが午前中で終わるというので、原稿料の赤字も考えないことにする。

だが、参った。厳しい残暑とライトによって、水を浴びたのかと言われたほどの汗。それに神経の消耗と精神的疲労、しかも歩いたり横須賀線に乗ったりで疲れ果てた。帰って来てから仕事なんて、まったく不可能であった。

どうして、このように疲れるのか。汗のかきすぎに違いない。だったら水分を補給すれば、疲れが恢復《かいふく》することになりはしないか。と、かなり非科学的な結論に達し、ビールを飲むことにする。ビール瓶に五本の汗はかいただろうと勝手に推定して、早いピッチで飲み始める。

三本までは、たちまち飲み終えたが、疲れはまったく恢復せず。そのせいか三本までで、それ以上は飲む気になれない。ビール五十三本の新記録が、泣くというものだ。もっとも、五十三本のビールを飲んだのは、同じ自分でも十五年前の話。

食べて、眠る。

この日のスケジュール表には、新聞五回分とノルマが書き込んであるが、翌日になってそれを赤ペンで消し、代わりに『撮影』と記入した。

某月某日

最近は徹夜の回数が少なくなったが、二ヵ月ぶりに眠ってはいられない状態に追いつめられた。ぼくの言う徹夜というのは、夜を起きていて昼間には寝るの意味ではない。仕事が終わるまで、眠らないのを徹夜という。

つい二、三年前までは、四十八時間も可能だったが、もういまはいけません。三十六時間が、限度である。この日は三十二時間でダウンして、午後四時から眠ってしまった。だが、二時間ほどで、電話で起こされる。中学時代の同級生からの電話で、すぐ近くまで来ているという。

十五分後に、会社役員になっている三十年前の美少年が訪れる。早速、ウイスキーの水割りで、数年ぶりの再会を祝す。彼もわずか数年前に比べて、アルコールの回りが一段と早くなった。ぼくとて、睡眠不足という悪コンディションを抜きにしても、大して変わりはない。

二人でウイスキーを一本あけた頃には、もうかなりのご酩酊の様子だったようだ。終戦直後の思い出話から、二人ともたちまち憂国の士に早変わりする。

「いまの日本人を、誰が救うのか」

「日本の将来は、絶望的だ」

彼もぼくも真剣に3S《スリーエス》政策の成果について論じ合い、日本の現在と将来に関して大いに慨嘆したのである。

終戦後、ぼくたちには旧制中学か新制高校かの選択権が与えられ、6・3・3という現在の教育制度が導入されたわけだった。そのとき、ぼくたちは今後の日本人の教育に対するアメリカの方針というものを聞かされた。日本民族の能力低下を図るために、アメリカはまず教育制度に6・3・3制を導入し、学問的な優秀さを抑制する。

次に、日本人の根性、勤勉さを骨抜きにするのを目的に、3S政策を用いることにする。3S政策とは、スポーツ、ソング、スクリーンの頭文字Sを三つ集めたものである。その話を聞かされたときに、ぼくたちは大笑いしたものだった。そんな政策や教育方針によって、日本民族や日本人の本質が変わるはずはないと、ぼくたちは嘲笑したのであった。

それから三十年、ふと気がついてみて慄然となった。いつの間にか、日本人の生活は3Sと完全に密着していたのだ。スクリーンが映画からテレビに変わっただけで、結果的には同じである。

「テレビの影響というものを、考えてみろ」

「いまや日本人は、スポーツなしでは生きられないくらいだ」

「そしてソング、歌手とそのファンの姿を見て、どう思うか」

「日本人にとってはテレビとスポーツと、それに歌しかないのか。どれもこれも、頭を使わなくてすむものばかりだ」

「3S政策はまんまと成功したし、これを転換させることはもう不可能だ」

悲憤慷慨《ひふんこうがい》しながらも疲れには勝てず、ぼくは彼がいつ帰ったかも知らずに眠ってしまった。結局、二人で一本ずつ飲んだらしい。

心身ともに、年をとったものである。

某月某日

前夜の酒が残っていて仕事にならないので、腹立たしさから迎え酒をやった。正午にはもう調子が出てしまって、ブレーキのかけようもなかった。迎え酒は殊勝にもビールでやっていたのだが、午後からウイスキーの水割りに戻った。

昼間の酒はひとりで飲んでいて、この上なく退屈なものである。それに、この時間を利用してというケチな根性も働いて、資料の通読と整理にとりかかった。あっという間に夜になったと感じたのは、それだけ泥酔した証拠でもある。

雨が一日中、激しく降っていた。

仕事も、明日という日も、今日という日も、あらゆる人間関係も、生きているということも、何もかも疎《うと》ましくなる。自分のゴミ以下の存在に、腹が立って仕方がない。

仕事場の窓から、次々に資料を外へ投げ捨てる。これでさっぱりした、資料がなければ仕事ができない、仕事ができなければ自分の存在価値を否定できる。

ざまあみろと、大いに満足する。

だが、間もなく不安になり、これはいかんと思ったらしい。ブリーフだけの姿で、雨の中へ飛び出した。窓の下は駐車場になっていて、雨が激しい夜の十一時すぎに人影はなかった。しかし、たとえ人影があっても、ぼくは気にしなかったのに違いない。雨に打たれている資料を、必死になって拾い集める。駐車中の自動車の下まで覗き込み、道路へ出て紙屑に日を凝《こ》らす。とにかく丹念に拾い集めたのだが、細かい資料はどこかに消えてしまったようである。

それでも三分の二は、集まったようだった。明日はこれらを乾かすのが、また一仕事になるだろう。そう思いながらも何となく安心して、飲み直してから眠る。この日の酒量はビール三本に、ウイスキーが一本。肝臓の病歴、脂肪肝、急性肝炎。四十六歳。

まったく、弱くなった。年はとりたくないものだ。疲れて、仕方がない。

(昭和52年11月号)

今年の酒

吉村 昭（作家）

大晦日

家では朝からお節《せち》料理作りがはじめられ、それも一段落ついて、毎年の例で夕方近く妻と家に近い吉祥寺駅周辺の商店街に買物に行く。相当な混雑で、その中を歩くといかにも大晦日らしく、いい気分だ。後から声をかけられ、振向くと、季節料理屋「かつら」の主人で、「見ちゃった。二人で並んで歩いたりして……」

と、笑っている。

妻と外出すると、よく人にからかわれる。妻以外の女性と歩いているなら冷やかされても仕方がないが、妻と歩いているのに……と思う。私も妻も小説を書いているので、並んで歩いていることも不思議なのだろうか。第三者からは異様な夫婦に見えるのだろう、とあらためて思う。妻は、三ツ葉、黒豆に入れるちょろぎ、雑煮用の鶏肉などを買い、東急デパートの地下売場で生そばを求め、暗くなりはじめた公園をぬけて帰宅。

精進揚《しょうじんあ》げを副食物に、年越しそばを食べる。いつものように、ビール中瓶一本、冷酒二合、それからウイスキーの水割りという順序で飲む。酒をチャンポンに飲むと悪酔いするという人が多いが、医学的になんの根拠もない俗説である。私がいい証拠で、一年をふり返っても二日酔いで苦しんだことは一度もない。冷酒の代りに、そば焼酎の水割り、ワインにすることもある。酒それぞれのうまさを出来るだけ味わいたいという、欲張った考え方からである。

NHKの「紅白歌合戦」が、今年ほどつまらなく思えたことはない。時折り、萩本欽一、坂上二郎の挑戦番組にチャンネルを切り替える。やがて、テレビから除夜の鐘をつく音が流れはじめた。

妻と娘は炬燵《こたつ》でうたたねをし、息子は自分の部屋に入って寝てしまったらしい。いつもは揃《そろ》って初詣でに行くが、眠っているのを起すのも可哀想で、それに五十歳になった気の弱りもあって一人で行くことにし、オーバーを着、ドアに錠をかけて近くの井之頭弁財天に行く。篝火《かがりび》が焚《た》かれ、線香が立ちこめている。お賽銭《さいせん》百円。多いのか少いのか判らず、オーバーのポケットを探ると五十円貨幣が一枚あったので、オマケに入れる。祈ることはなく、鈴を鳴らし柏手《かしわで》を打ち、破魔矢を買う。近所の木村氏夫妻、曾根原氏夫人に会い、帰途、なじみの富寿司に寄り、日本酒を飲み、帰宅。就寝一時。

一月一日

七時半に起き、浴槽に湯を張る。終戦前後を除いて、元日に朝風呂に入ることを習わしにしている。久しぶりに和服を着る。やがて家族が起きてきて新年の挨拶を交し、雑煮を食べ、酒を少量飲む。酔いがほのぼのとまわって、炬燵に足を入れ、眠る。

午後、近くにある日産厚生園の広場で凧を揚《あ》げようか、と思い、義経八艘跳びの絵が描かれた角凧を取り出してみたが、戸外は寒く、足を冷やしてはならぬ持病をもっているので諦《あきら》める。

炬燵に入りながら、今年はなにをしようか、と思う。年があらたまったのだから、新しいことをしたい。結局、酒の飲み方を変えてみることを思いついた。毎晩、夕食の米飯は口にせず、副食物を肴に酒を飲みはじめる。つまり午後六時半頃から午後十一時半頃まで飲んでいる。

今年は少し酒を控えてみるか、と思った。夕食は家族と同じように摂《と》り、酒を飲みはじめるのを午後九時からにする。実行できるかどうか自信はないが、ともかく試みてみることにした。

その夜、私が米飯を食べると言うと、家族たちは驚き、妻は、

「どこか具合が悪いのですか」

と、気づかわしげな表情をした。

「ごはんが食べたいだけだよ」

私は、さりげなく答えた。

米飯は、うまかった。このようにうまいものをなぜ食べずに過してきたのか、と悔いた。米飯のうまさにひかれて、誓いは守れるかも知れぬ、と思った。

午後九時を待って、いつもの順序で酒を飲む。この酒の味も格別で、誓いは確実に守れそうに思えてきた。午前零時、ぐっすり眠る。

一月五日

午後九時まで酒を飲まぬ習慣は順調につづけられているが、今日は丹羽文雄先生のお宅に御年始に行き、午後三時半から飲みはじめることになった。先生が文化勲章を受けられたので、例年より年始客が多い。料理のお上手な奥様の手で作られただけに、どれもうまい。午後六時、先生のお宅を辞去し、編集者のO氏、T氏、それに同人誌時代の友人S氏ほか女性三名の方を自宅に誘い、飲む。女性たちが帰り、私たちは談笑していたが、O氏が腕時計に眼を落し、いぶかしそうな表情をした。私も時計を見ると、驚いたことに針が午前二時をさしている。私は、十時頃と思っていただけに、呆気《あっけ》にとられた。O氏たちは匆々《そうそう》に席を立って帰っていったが、時間の経過に気づかず飲む酒ほどうまいものはない。延々半日近く飲んでいたことになるが、翌日の目ざめは快適だった。

一月十五日

私は男ばかり六人兄弟の五番目で、十五年前から毎年一月に、兄弟とその家族で静岡にある菩提寺に行って墓詣でをし、温泉地に一泊することが習わしになっている。

今日はその旅行に行く日で、幹事役は弟が引受けている。泊る温泉地は伊豆半島東海岸の稲取温泉に定め、弟の発案で貸切りバスで行くことになっていた。

が、前日、伊豆方面に激しい地震があり、東海岸は大被害を受け、目的地へ行けぬことがあきらかになった。ホテルでは恐縮し、四方八方に連絡をとってくれた結果、西海岸にある堂ケ島温泉にホテルを予約してくれたという。

次兄は、中止した方がいいと言ったが、弟はお寺にだけでも行くべきだと主張し、私も同調した。

親戚や兄の孫たちも加わって総勢四十一名。バスは東名高速道を進み、富士山麓にある菩提寺で墓詣でをすませ、沼津に近い三津浜で昼食をとった。弟が堂ケ島温泉に電話で連絡をとると、余震で道路が寸断され、行けぬという。このまま帰京しようという声もあったが、弟が処々方々に問い合わせ、近くの長岡温泉に全員が泊れるホテルを見つけた。

バスは、閑散とした長岡温泉に入った。ホテルでは、よく来てくださったと歓迎してくれた。料理もうまく、部屋も快適で、弟はほっとしていた。が、ホテルはしばしば揺れ、温泉の湯は夜まで出ず、時々断水した。

「一生記憶に残る仕事です」
バスの運転手は、可笑《おか》しそうに笑っていた。

一月十六日

無事帰京。バス旅行は初めてで団体さんのような感じがしたが、便利で快適なものだと知った。

（昭和53年4月号）

騒然たる一夜

北　杜夫（作家）

某月某日

平岩弓枝さんに、日本料亭に招待された。しかも大勢である。阿川弘之夫妻、私の母と妻、これだけ揃えば愉《たの》しいうえにも愉しい。

平岩さんには、かつてクインエリザベス二世号に母と乗ったときに初めてお目にかかった。そのとき阿川さんも同行していた。平岩さんのご主人は阿川さんが「神主」と呼ぶ好人物である。むろんその夜もいらしている。

料理は、豪勢なことに松茸とハモの鍋物である。酒はビールと日本酒が用意されていた。

平岩さんにむかって私が、

「ぼくは今、躁病《そうびょう》ですから、無闇《むやみ》と水を飲むんです」

と言うと、

「わかっていますわ。水とミネラル・ウォーターを十本くらい取りましょう」

「そんなに多くなくていいです」

しかし、私はその水をすべて飲み干すことになる。

酒は二種あった。平岩さんは冷酒である。

まず乾盃《かんぱい》。阿川さんが、

「北君はドクトル・ヒンデンブルクか？」

といきなり言ったのは、昨夜遠藤周作さんにそう称《しょう》してイタズラ電話をかけたのが伝わっていたからであった。そのときは東京の仕事場にかけて不在。町田の家にかけると、これまた不在だったが、お手伝いさんに代って出てきた男の英語がいかにもたどたどしい。あとで息子さんの龍之介君かと思ったが、彼はアメリカに留学している。仕事場に言われたとおり九時過ぎにかけると、遠藤さんはいて、「ドイツ語が話せるか？」と訊《き》くと、「いや、フレンチとイングリッシュだ。あなたはどの言葉を知っているか？」そこでしばらく英語でドクトル・ヒンデンブルクと称してウソをついていたが、遠藤さんが英語も実に上手《じょうず》になっているのでびっくりし、私はシドロモドロになった。あとで正体を明かしたあと、「町田の家で電話口に出たのは龍之介君でしょう。彼、留学していたにしては英語の発音《はちおん》があまりうまくないなあ」「いや、あれは女房だよ」「だって、男の声でしたよ」「おーい、男の声だってさあ」と、遠藤さんはいつの間にか仕事場に来ていらした奥さまにむかって叫んだ。まさしく冷汗をかいた。

さて、卓上には突出しが出、刺身が出る。いずれもこよなくうまい。

「北さん、この冷酒のほうお飲みになってみる？」

と平岩さんが言った。

「この底にはいっている金を食べるとガンにならないって」

「まさか」

「いや、本当だ」

と、阿川さん。どういう理由かを説明してくれたが、もう忘れた。

妻が、

「あたし、ハモが大好きですのよ」

「いや、ぼくはハモは苦手なんです」

と私が言うと、平岩さんは私用にわざわざ別の料理を追加してくださった。

それにしても、ふだん二食、それも人の半分しか食べぬ私も、躁病になると別人のように食欲が出る。たちまち刺身も平らげ、阿川さんの刺身の半分を奪った。

「アッ、これは書かれるかな？」

「いいよ、いいよ。それより唄いたくなった」

と、早くも酒がまわってきたらしい阿川さんは、ドイツのＳＳの歌をうたいだした。飛行機のパイロットがコントロール・タワーと交す英語の専門用語と共に、彼の得意な歌である。はては海軍にいたころ芸者屋で覚えたらしい、私にはわからぬ小唄だか何だかを唄いだした。

「いいなあ、ぼくももう少し早く生れていれば、芸者屋に行けたんだけどなあ」

もう松茸もハモもグツグツ煮えている。神主さまが平岩さんと共に、しきりと自分たちのほうの鍋から松茸をとってくれる。ハモは苦手のはずだが、妻の食べているハモをちょっと食べてみたら、このハモはおいしかった。松茸もハモも山のようにある。こんな贅沢《ぜいたく》な料理は久しく食べたことがない。

会話があちこちでとびかうと共に、みんなそれをむさぼり食べる。生きていてよかった、というのが私の実感であった。

私は健康を考えてビールを主にしていたが、日本酒も双方とも飲み、かなり酩酊してきて、冷酒にはいっている金をとうとう食べた。金といっても小さな薄い紙のようなもので、これなら胃が重くなって逆にガンになる可能性はないと判断したからだ。

いちばん意気軒昂《いきけんこう》としていた阿川さんが、もはやひっくり返って目をつぶった。彼が食後すぐ寝て、深夜に起きて仕事にかかることは知っているが、それにしても早すぎる。よほど酒がうまかったのだろう。空《す》きっ腹に飲んで歌をがなったりしたもので、ひっくり返ってしまったようだ。

しばらく座が静かになり、といっても私はかなり騒いでいた。松茸をふんだんに食べ、ビールと日本酒を飲み、浪曲などをうなった。

神主さまはいちばんおとなしい。それでもカンヌへ行って海辺にたむろする美女たちを好んで眺められたと、平岩さんがすっぱ抜いた。

「ぼくは新興宗教を作ろうかなあ」

「躁病のときの北さんなら、教祖さまになれるわ」

と、平岩さん。

　そのうちに、眠っていた阿川さんがムックリ起きあがってきた。また、座は騒然となる。阿川さんが何か話しだしたとき、その内容がきっかけになって私は笑いだしたが、躁病のときの笑いは尋常ではない。おかしすぎて苦しい。目から涙が出、鼻水が出、私はとっさに紙ナプキンで口をおおい廊下にとびだした。

「おい、どうした？　おれのせいかい？」とさすがに驚ろいたらしい阿川さんの声がしたが、私はトイレに駆けこみ、ドッサリたれた鼻水をぬぐい、苦しさのあまりなお五体を痙攣《けいれん》させていた。ようやく席に戻ってきて、阿川さんに、

「違います。急に遠藤さんの奥さまのことを男の声だなんて言っちゃったのを思い出したもので……」

　ともあれ、地獄の苦しみも嘗《な》めたが、その席はまさしく天国であった。料理も上等すぎるし、酒も高級だ。ただ酒を飲みすぎると、こういう見っともない羽目《はめ》に陥いる。

　阿川夫人は女性のなかでいちばん静かであった。母は少々万年軽躁病のところがあるが、食事が済んで平岩夫妻にお礼を言うとき、

「うちのキミ子（私の妻）は本当にハモが好きで……」と、実に四、五回も同じ文句

を繰返した。さすがに老境で耄碌《もうろく》してきたうえに、おそらくかなり酔っぱらっていたのではなかろうか。

(昭和56年1月号)

下駄の上の卵酒

向田邦子（作家）

某月某日

終日うちに籠《こも》って爪を噛《か》む。

書かなくてはいけないのに書きたくないとき、書けないとき、気がつくと爪を噛んでいる。両手の指十本分を噛み終っても爪くずが散らばっていないところを見ると、すべてわが腹中に納まってしまうらしい。

ほかに取柄《とりえ》はないが、歯と骨が丈夫なのは（スキーでかなり激しく転倒したが骨折の経験なし）カルシュームの自己補給のせいであろう。

かくて、爪は減れども原稿用紙は一向に減らず、催促のＮＨＫの村山プロデューサーの声が、重く低く暗くなってくるのが判る。相済《あいす》まないと思いながら、憎らしくてならぬ。ドラマの題は、「蛇蠍《だかつ》のごとく」だが、そのまま締切を守らぬライターと責める制作者の気持になっている。

気分転換を兼ね、猫の餌《えさ》を買いに出る。本屋の前は、息をしないで足早に通り過ぎる。

この間うちから読みたい本がある。「下駄の上の卵」という題である。どういう意味か知らないが、いい題だなと思う。下駄は少年の下駄だろうか。陽なたでぬくまった、足の型なりに黒く汚れた下駄という感じがする。卵も産みたての地玉子か。ああ買いたい。だが、ここで買ったら百年目である。NHKをおっぽり出して、夜明かしで読みふけるに決まっている。

こういう日は酒など飲む資格はないのだが、弾《はず》みをつけるためと自分に言いわけしてビールの小壜《こびん》一本。おかずも懲《こ》らしめのため有合せである。爪腹《つめばら》のせいか食欲なし。食後十分ほどうたた寝。浅き夢見し酔ひもせす。ん。

夜、もはや嚙むべき爪もないせいか、多少筆がはかどる。

某月某日

「蛇蠍のごとく」どうにか脱稿。すぐ短篇にかからないと間《ま》に合わないのだが、なかなか切り換えがむつかしい。テレビを書いているときは、活字のほうが面白そうに見える。活字のほうに取りかかるとテレビが恋しい。悪い癖である。

インタビュー、打ち合せ。三つばかりこなす。このあたりから背中がスウスウする。風邪の前触れらしい。卵酒を作ろうとして戸惑ってしまう。

日本酒の買いおきはあるのだが、料理用として買った四合壜である。料理以外に使うのは、洗面所の水を飲むみたいで、どうもしっくりこない。

迷っているところへ電話。今年のベストドレッサーに選ばれましたとおっしゃる。え？　と絶句。電話を切って、声を立てて笑ってしまう。

マンションの部屋で、五十女がひとり笑うの図は、我ながら薄気味が悪いが、どうにもおかしくて仕方がない。

鏡にうつるわが姿は、どうみても西洋乞食である。靴下が嫌いなので、この寒空に素足にサンダルで、葱《ねぎ》や大根を抱え、青山通りを駆け出している姿をご存知ないとみえる。

ブンガクという言葉を発音したことのない人間が文学賞をいただいたりで、冷夏、地震も無理ないと思えるほど今年はヘンな年だった。この年の意外も、ここに極まれりである。

びっくりしたせいか短篇はかどらず。ビールは小壜一本。本が読みたい。遊びにゆきたい。

某月某日

対談。取材。テレビの打ち合せ。買物。出たついでにまとめて用を足す。机に向わなくては間に合わないというのにわざと用を作って出歩いているのは、うちへ帰りたくないためである。自分の部屋が散らかっているせいである。

この夏以来、わが仕事場は巨大な紙くずかごである。手紙の山、スクラップすべき古新聞、週刊誌、雑誌の束につまずきながら暮している。

はじめての小説集「思い出トランプ」の校正を終ったら、日通引越しセンターへゆき、段ボール箱を三十ばかり買う。端《はし》から詰めて猫の部屋に積み上げよう。その日までは、一冊の本も買ってはならないのである。

風邪が抜けない。やっぱり卵酒を飲むことにしようと思ったが、作り方を忘れてしまった。母に電話して聞くのもおっくうなのでビールで我慢する。夜中にいたずら電話。腹が立ったので、大声で「ワン！」と吠えて切る。

某月某日

仕事をおっぽり出し、ゴミの山を這《は》いずり廻ってやっと一通のメールを探しあてる。ケニヤからきたＩ氏の手紙である。「週刊文春」の随筆欄で三十年近い昔、大隈講堂で、早大生たちとコーラスをした話を書いたところ、あのコーラスでテノールを歌っていましたという手紙をいただいたのである。東京にもどっておられるので電話をする。

顔も名前も覚えていないが、当時指揮者、ピアノ伴奏をした人たちと、近々、お目にかかれそうな按配《あんばい》である。

あのとき歌ったシューマンの「流浪《るろう》の民」のメロディが一日中オルゴールのように頭のなかで鳴って仕事にならない。

夜、ブリヂストンホールに大熊一夫氏のリサイタルを聴きにゆく。大熊氏は「精神病棟」の著書もある「朝日ジャーナル」の名記者だが、隠れたる名バリトン歌手でもある。

タキシード姿も凛々《りり》しくトスティの歌曲などみごとに歌い上げ、満場の拍手と笑いを浴びておられた。

氏にあるのは、堂々たる美声とテレである。ないのは、さもしさと媚《こび》である。これがないとプロのオペラ歌手はつとまらないのかも知れない。

知り合いの小料理屋で、水菜《みずな》とコロの鍋でビール一本。うちの近くまでくると、すぐ前を一人の坊さんの卵が歩いてゆく。

手にした白地に桃色の箱を墨染めの衣のかげにかくすようにしている。ケンタッキーフライドチキンである。いい匂いをさせながら、人気《ひとけ》のない青山通りをヒタヒタと歩いてゆく。あとについて本屋の前を通ったが、もう閉っているので、息をつめて足早に歩かなくても大丈夫である。「下駄の上の卵」も卵酒もお預けのまま、一週間経ってしまった。風邪だけはどうやら抜けたらしい。

（昭和56年2月号）

ふうわふうわ

山口　瞳（作家）

六月二十日。金曜日。

晩酌で菊正宗二合。そのあと葡萄酒にする。これがどうもよくわからない。五月に南洋へ行ったとき、仏領だから葡萄酒ばかり飲んでいた。それが馬鹿に具合がよくて、このままアル中になってしまうかもしれないが、南洋で絵ばかり描いているアル中の爺さんというのも悪くないと思ったものだ。それを思いだして、あの気分を取り戻したいと無意識に考えたようだ。二時間足らずで一本飲んでしまって、次にブランデーを飲んだ。貰いものの上等のブランデーを探した。以前、山梨へ行ったとき、朝から葡萄酒とブランデーを交互に飲み、すこしも宿酔《ふつかよい》しなかったということが頭にあったようだ。葡萄酒とブランデーは原料が同じなので宿酔しないと教えられた。そのブランデーをどのくらい飲んだか憶えていない。私の場合、飲めば飲むほどにおいしく戴けてしまうというのがよくない。（その翌日は気分は悪くなかったが、アルコールが抜けないので弱った。陶然として仕事にならず、ビールを少し飲んだ。思えば、これが変調の前触れであったようだ）

六月二十四日。火曜日。

お呼ばれで日本橋のHという天ぷら屋へ行く。小説家のMさんの本が文庫になり、その解説を書いたので御礼にということだった。それより前、私の長編小説の推薦文をMさんに書いて貰っているので、二次会はこっちで持つという心づもりでいた。介添人はB社のTさんである。こういうことが好きだから、朝から嬉しくて仕方がなかった。MさんとTさんに白扇を差しあげた。Mさんには「なほ何なれや人の恋しき」と書き、Tさんの扇子には「その面影に似たるだになし」と書いた。自分の扇子には「酒で禿げたるあたま成覧《ナルラン》」と書いたのだが、それを忘れてきてしまった。演出が大事だと思い、まず笑ってもらおうという計画が頓挫《とんざ》した。

Mさんが内儀にこのお酒なんですかと訊くと、若い内儀が菊正宗だと答えたので、MさんとTさんとが、私の顔をのぞきこんで笑った。こういうことも御馳走のひとつである。私の行く店は不思議に菊正宗ばかりだと書いたことがある。

三人で銀座のMへ行く。珍しく文壇の人は一人もいない。誰か来たら即座に出よう、ただしYさんはその限りにあらずと言い言いしているところへ、そのYさんがあらわれたので、驚いて立ちあがり、思わず不動の姿勢を取ってしまう。Mの階下のMへ行く。十一時。頃はよし、こういう時は贅沢をしようと思い、MさんをハイヤーMで送るべく、Tさんに手配を頼み、Mのマダムがダイアルを廻しているときに、Mさんがそれを押しとどめた。

Mさんの領分の小さな店へ行き、一時間足らずで出たのだが、タクシーを拾うのには悪い時刻になってしまっていた。それでTさんと二人で時間潰しにPへ行く。客がいない。そうなっても私はまだすいすいと飲めるばかりでなく、いっこうに酒が不味《まず》くならない。帰宅午前三時。車中で、Tさんに、Mのマダムがダイアルを廻していたときが今日の試合のヤマだったなと解説する。

六月二十八日。土曜日。

取材で寄居《よりい》へ行き、荒川の茶店で缶ビールを飲み、Kという割烹旅館で酒を飲む。

ひどい夏風邪をひきこんでいて疲労困憊《こんぱい》しているのに、酒だけはうまい。いや、酒だけが頼りか。

六月三十日。月曜日。

柴田錬三郎さんの三回忌。小石川伝通院の書院で酒宴。柴田さんや今東光さんのような、何でもズバズバ本当のことを言ってくれる人がいなくなったのが淋しくて仕方がない。誰も彼もが病気の話。その話しか出ない。小説家のEさんが、ちょっとちょっとと言うので振りむくと、糖尿病についてのいろいろの質問。この朝、伊丹十三が心臓発作で倒れたのを新聞で見ていたので、関係のありそうな人に訊いて廻ったが様子がわからない。

近くに住むKさんの家へ寄る。Kさんは年来の酒友であるが、家では飲まない人なので、押しかけていって騒いでやろうという魂胆《こんたん》。九時までが馬鹿に長く、十一時までがあっというまに過ぎた。

七月六日。日曜日。

六月二十日からこの日まで四日しか飲んでいない。嘘ではない。（ここから世話場になり、修羅場になる）

女房は、ひどい不眠症に悩んでいる。それと食欲不振。寝ない食べないで、たちまち十キロ痩せた。私が午前三時とか四時とかに仕事を終って寝室へ行くと、女房は横になって読書している。午前七時に目をさますと、女房は起きて台所仕事なんかしている。従って、昼間は、うつらうつらとしている。これが私に影響しないわけがない。女房の身内に立て続けに不幸があった。それで神経をやられているのである。私の身辺にも立て続けに不愉快な事件が起った。頭が重い。こっちは、ふうわふうわしている。

夕刻、三十年来の友人のTさん（六月二十四日のTさんとは別人）が遊びにきた。若い頗《すこぶ》るつきの美人と一緒だった。新しい助手かと思ったが、そうではなくて、カミさんになる女だと言った。吃驚仰天《びっくりぎょうてん》した。Tさんは、私より二つか三つ若いだけで、ずっと独身だったのである、こういう結婚は妙にナマナマシイ感じがする。私は梨元に言いつけるぞと言い、女房に酒の支度をさせた。

猪口《ちょこ》で二杯か三杯のつもりが、やっぱりすいすいと飲めてしまう。Tさんのほうは、飲まなければ話がしづらいということだったのだろう。私はわけがわからなくなった。十二時に寝た。鼻の奥とノドのあたりがキナ臭い感じになって、洟水《はなみず》かと思ったら鼻血だった。それが、なかなか、とまらない。私は大人になっても鼻血が出るほうの質《たち》なのであるが、こんなに大量に長時間にわたって出血するのは初めてのことである。眠れるわけがない。寝がえりを打つと、女房は目をあけて、こっちを見ている。私は「神様（とは言わなかったが）、どうか、もう少し生かしてください」と祈った。女房が「頭、痛くない？」と言った。私と同じことを考えていたようだ。

七月九日。水曜日。

日、月、火、水と、四日間、日に三度か四度、鼻出血した。何が辛いと言って、仕事が終ったあとの寝酒が飲めないくらい辛いことはない。飲めば出血することがわかっている。鼻の奥に絶えずキナ臭い感じがある。止血剤を飲む。アイスノンで頭を縛る。そうやって、ふうわふうわとしている。

（昭和56年9月号）

オジサンは、今夜も頑張るのだ！

赤塚不二夫（漫画家）

某月某日

午後四時ごろ、四谷の某旅館に行き、某週刊誌の〝全国罵倒《ばとう》シリーズ〟座談会。静岡県生まれの研ナオコの悪口を言わねばならないので、当然飲む。しかし、この後、テレビ撮りがあるのでビールで我慢だ。

面白グループと称する、我々呑ン平グループ（タモリ、高平哲郎、長谷邦夫、滝大作）が一堂に集まる会なので、毎回、ドンチャン騒ぎになってしまう。そこを、大いに反省しつつ飲む。

終えて、五時半。NHKへ滝大作さんと一緒に行き「面白ゼミナール」の録画。八時ごろ終えて、軽食とビール。

すぐ滝さんと、新宿ゴールデン街の奥、『青梅雨』へかけつける。九時から〝罵倒シリーズ〟もう一本の取りだめするのだ。同行女性二名。

ゲストは広島県のジャズ・アルトサックス奏者、坂田明である。さて会がはじまった。ところが、坂田のしたたかな反撃に出会って全員タジタジ。ひたすら、ぐい呑みで日本酒の「梅錦」を、あおる。キュッとした冷え具合が実によく、どんどん入る。ゴールデン街なのに、ここの二階座敷は広く、刺身やらエビやら、雑炊《ぞうすい》まで出してくれるので、驚ろく。

この座談会は、今後ともここでやろうと、衆議一決した。結局この回は、一時間半の予定が、坂田の抵抗で三時間にもなる。

もう全員クタクタ。座談会の二本どりは、今後中止と、これも衆議一決。はしごは飲み屋にかぎるのだ。

終了してから他の連中と別れ、美女二名だけを下落合の我が家へと連行。こんどは、おちついてウイスキー水割りを飲む。

タモリがいると、すぐ女を盗られるので、こういう場合は、さっさと引き揚げるようにしている。セコいというかエグいというか、SONO・SONOオジサンとしては、もうひとふんばり頑張るつもりなのだ。

若いＡＮＯ・ＡＮＯチャンよろしくね。

某月某日

「週刊文春」の仕事を終え、久し振りにやってきた女性フリーライターちゃんと、近所の寿司屋へ。

寿司屋へ行っても、生物《なまもの》が意外と苦手なので、結局ビールを飲む。

地元で飲むのは、このところ、中井駅そばの『ささやん』に決まっている。マスターは、元映画のカメラマンだった。

それで、月に一回16ミリで色々な内外名画の上映会をやっている。店内にかかる音楽も、懐かしのサントラときているから、古い映画ファンのぼくとしては、文句がない。

今夜は水割りを手にしながら、デビッド・リーンの「旅情」を見る。酒を飲みながら見るのは、テレビかビデオの映画ばかりだったが、こうして同好の士と共に鑑賞するのも、また面白い。

「旅情」は昔見たときは、単にちょっとシャレた、悲しい別れのメロドラマだと思っていたが、何年かおきに見るたびに、深い部分に気がつくようになる。年を経る程、良く思えてくるから不思議だ。デビッド・リーンは大人の映画を作っていたのである。

終って、また飲み出すうち、悪いクセが出た。近所から遊びにきた若い女の子がいたので、パンツを脱いだのだ。

素っ裸になって、椅子の上にあぐらをかく。ところが、女の子の方も負けてはいない。自分から脱いで隣りにすわるではないか！

マスターのポラロイドで証拠写真を撮られ、壁に張られてしまう。

オジサンは一向に大人になれないでいるのだ。今夜も頑張りましたのだ。

某月某日

A書店の編集長K氏が久し振りスタジオに遊びにきた。昔懐かしいトキワ荘時代から御世話になったベテラン漫画編集者だ。

新潟県の村上市で造られた純米醸造の「純」を出す。K氏は昔から猛烈に強い。しかし最近は、さすがに老いた部分だけ、弱くなったようだ。

しかも、口内炎にかかっていて、口の中や舌にブツブツが沢山できている。医者へ行った方がいいよと言うと、

「こんなものに負けてたまるか。塩をくれ」という。

酒を飲むと瞬間、しみるので、先に塩で痛めつけておいてから飲もうという恐ろしい考えである。

酒に弱くはなっても、一向に気性は変っていないようだ。同行の部下が、いい加減で帰りましょうといっても、全く言うことをきかない。

「俺は赤ヅカさんと飲むのだ！」

と、ダダッコぶりを発揮する。

こっちも負けずに飲む。しばらくすると、社から電話がかかってきた。重役会議がはじまるとの知らせである。

「Kさん、重役になったのか」

「あ……」

さっぱり答えない。部下が、今度、編集長から取締役に昇進したのだという。そのあいさつにやって来たのだった。

あくまでも現場が好きな彼にとっては、淋しくてしょうがないらしい。その気持は良く分る。また飲もうよ、と見送る。

ボチボチ夕方だというのに、すっかり酒がきいてしまったので、長谷邦夫とのアイデア・タイムをあすにのばし、銀座に出た。『眉』から『まり花』へと、きまったコース。『まり花』へ行くと、高平哲郎がいたのでびっくり。

なんでこんなところへ来てるんだ、というと、講談社某誌の打ち合せだという。テレビの仕事が多すぎて、遊ぶヒマもないとボヤいていたのに……。

銀座からの帰りは、結局、四谷『ホワイト』になる。この夏の日比谷野外音楽堂での、筒井康隆、山下洋輔氏らの「ザ・ウチアゲ」コンサート発祥の地である。とにかく十二時を過ぎないと、熱気を帯びないという恐ろしい店だ。

遅い分には何時までもやるので、たいてい朝になってしまう。この店特製のウオツカとホッピーとグレープ・フルーツジュースをカクテルした〝サマークイーン〟なるものですこし、酒をさます。オジサン朝まで頑張る！

（昭和57年1月号）

旨い酒・苦い酒

樋口修吉（作家）

某月某日

目下《もっか》お気に入りの女ともだちであるたみちゃんと鍋《なべ》をつつきながら酒を呑むことになった。

楽しい酒になる予感がしたので古い友人である役者の勝部《かつべ》演之《のぶゆき》にも声をかけ、集合場所である渋谷の「烹作《ほうさく》」には、早々と酒肴《しゅこう》を電話で注文した。なにせ混む店だから、旨《うま》いものはすぐに品切れになるのである。約束の時間に、たみちゃんは、ダニエル・ドゥセと現われた。C・ディオールから日本に派遣されているフランス人だが、嫌味のない男である。

それから三時間あまり、日仏連合軍で菊正宗に挑戦した。初対面なのにラシーヌの話などしている勝部とダニエルの脇で、主としてたみちゃんと二人であけた銚子《ちょうし》が二十本あまり。

帰り際に、勝部から「上海《シャンハイ》バンスキング」の斎藤憐《さいとうれん》さんを紹介してもらった憶《おぼ》えはあるのだが、その後、場所を六本木に移した頃から酔いがまわり始め、気がつくと「福村《ふくむら》」でビールを呑んでいた。

この店は今のところ都内ではもっとも気の休まる店の一つである。経営者の礼《れい》ちゃんと知り合ったのは、彼がゲイバーの老舗《しにせ》、新宿の「ふくわ」に勤めていた頃だから、もう二十五年前のことになる。ホモの男と、女だけにしか興味のない男との、そこはかとない付き合いは、案外と長続きするものかもしれない。

某月某日

鍋のおかえしに、たみちゃんが手作りの料理をご馳走してくれるというので、外苑《がいえん》の彼女の部屋に行く。

主なる献立は、ロースト・ビーフ、温野菜、パエーリヤなどである。フランス仕込みの料理研究家である尾中《おなか》たみ子の作品だから、まずいわけがない。なかでも傑作はパエーリヤで、自家製のトマトソースに白ワイン、大蒜《にんにく》、サフランなどを程よく利《き》かせた本格派の逸品であった。

その夜は、あの小佐野さんの姪御《めいご》さんを始め、艶《あで》やかな美女が四人ばかり同席していて、昼間から栓をあけておいたシャトウ・ラトゥルを皮切りにシャンペンの呑み放題であった。

明け方近く、ボランジェの空瓶《あきびん》が十二本並んだ頃、ぼくは裸踊りをやって、かたわらに寄り添ってくれた美人のたみちゃんがお尻にキスをしてくれたというのだが、残念ながら、記憶には全く残っていない。

某月某日

三井物産に勤めていた頃の同僚から電話がかかってきた。

アメリカに長いこと駐在しているKが出張で一週間ばかり戻って来ているという。短い滞在の最後の日に銀座で呑むことになった。

物産時代、Kとはとりわけ仲が良かったが、その頃、彼から真顔《まがお》で相談されたことがある。

上役から見合いをすすめられて困っているというのだ。いつになく硬《こわ》ばった顔付きをしているので、さらに問いつめてみると、学生の頃から付き合っている年上の女との縁が続いており、実は子供までいることを白状した。

話を聞いて、ぼくは、即刻その女性との婚姻届を出すべきだと言いはり、Kもその通りにしてくれたが、長い三井物産の歴史のなかで、結婚届と子供の出生届を同時に提出したのはKぐらいのものではないだろうか。

さて当日の夜、総勢六人で何軒かはしごをしてから「水車」に腰をすえた。この店でKの壮行会をやってから十年が経過している。

その間《かん》、ぼくは退社してしまったが、Kのような働き蜂は、すっかり重宝《ちょうほう》がられてヒューストンに五年、アトランタに五年と米国本土での転勤の繰り返しで、日本に腰を落ち着けることのない日々の連続だが、酒が入れば、十年の歳月が消しとんでしまう。

Kはとても懐かしがって、ぼくの手を握りしめて放さない。

その夜おそく、酔いざましに銀座の裏通りを歩いていて、ぼくはへまをやってしまった。

Kが、蕎麦《そば》屋の店先に出ている縁台を眺めて、何気なく呟《つぶや》いた。

「ああ、日本には良いものがあるなあ、家《うち》にも欲しいや」

その科白《せりふ》を耳にした途端《とたん》、ぼくは縁台を肩にかかえて歩き出してしまったのだ。

運悪く、正面からパトロール中の警官がやって来るし、さらに背後から蕎麦屋のおばさんが追っかけてきたものだから、ぼくは交番に連行されてしまった。

始末書をとられている間、Kはぼくを助け出そうと暴れ狂って、

「なんだ、こんなボックス、こわしてしまえ」と涙ながらに喚《わめ》きちらしていたらしい。

久し振りの旧友に、すまないことをしてしまった。

某月某日

地の底から響いてくるような声でGから連絡が入る。

八年前、ふとしたことで知り合って、妙に気が合うものだから、二人してつゝるんで「のむ、うつ、かう」、とりわけ「うつ」にうつつをぬかし、共に身を持ち崩してしまった相棒である。

「たまには会おうか」という誘いであるが、お互いに懐《ふところ》具合はしれているので、行先は決っている。

泰明《たいめい》小学校の近くの「ロビー」のカウンターに坐る。二人して溜息をつきながら、ウイスキーをすするが、こんな時はすこしも酔わない。今のところ、ぼくは小説を書くということで、どうにか自分を立て直そうとしているが、Gはいまだに場末で小《こ》博奕《ばくち》をやって、その日暮らしをしている。

年に二、三回顔を合わせるだけだが、Gと会っていると、ぼくは背筋が凍りつくような博奕ごとの緊張感を思い出して、反射的に、もっと気合を入れて小説を書かなければという思いにかられる。

某月某日

南青山にあるイラストレーター横山明の家を訪問する。

横山夫妻は、二人そろって学生の頃の芝居仲間であるが、この日の相手は息子の航《こう》くんである。

かねてからの約束で、浅草―上野間の二階建てバスに乗ることになっている。

航ちゃんはそわそわして、ぼくの到着を待ちかねていたらしい。

風邪をひかぬように厚着をしてもらって地下鉄で雷門《かみなりもん》に行く。

あいにくと大勢の人達がバスの順番を待っているので、時間つぶしに、並木の「藪《やぶ》そば」に顔を出す。航ちゃんは、のりかけ。ぼくは花巻《はなまき》に樽酒。銚子二本をたいらげてから、バスに乗りこんで、二階の正面に坐ると、東京都交通局も場所柄、心得たもので、「唐獅子牡丹」などのテープを車中で流してくれるので、ほろ酔い気分でうとうとしている内に、バスはたちまち広小路についてしまう。

（昭和57年5月号）

「青年日本の歌」

黒岩重吾（作家）

某月某日

某誌で梅原猛氏と聖徳太子について対談することになり京都に行く。梅原氏は五時過ぎの新幹線で東京に行く予定なので、四時半までに対談を終えねばならない。対談時間は約三時間である。激論になるのではないか、と予想していたが、比較的リズムの合った対談時間が続いた。後半になり、かなり意見の喰い違ったところもあったが、和《なご》やかな雰囲気で終始出来た。

ただ四時半近くになっても梅原氏が席を立つ気配を見せないので、私の方が電車に遅れないか、と心配した。腕時計を見ながら、大丈夫ですか？　と訊《き》くと、まだ大丈夫です、という答が返って来る。

雑誌の編集者も時間を気にし、漸《ようや》く梅原氏は席を立った。だが梅原氏は出口に向って歩きながら、私の方を振り返って質問する。

この時ばかりは何を答えたのか、記憶に残らなかった。ゲラが届いて驚くかもしれない。それにしても梅原氏の情熱には、ただ脱帽するのみである。

大阪に戻ったが意外に時間が早く、まだ六時半を過ぎたばかりであった。頭が充血状態で、車から降りた途端、急ぎ足で歩いていたホステスに衝突した。意外にも知っているホステスで、来て頂戴《ちょうだい》、と腕を摑《つか》まれた。後で行くから、と誤魔化《ごまか》し道を歩いていると、東映会館の前に出た。

伊賀の忍者ものをやっていたので、観ることにした。充血した頭を冷やすにはこういう映画が一番である。私は昔から、オカルト映画、ギャング映画、それにＳＦや忍者映画は大好きだった。現実の自分を忘れることが出来るからであろう。

その日の伊賀の忍者ものは、原作が山田風太郎氏だけに、なかなか面白い。次々と奇想天外の術が披露され、特撮も抜群である。登場人物の思い入れが少なく、惜し気もなく場面が変わるのも気に入った。

少年時代、私は紙芝居の黄金バットに夢中になった。毎日、紙芝居屋が来るのが待ち遠しかった。こういう忍者映画の原点は、黄金バットにあるのかもしれない。

すっかり頭を冷やし映画館を出たが、天照大神《あまてらすおおみかみ》と、素戔嗚尊《すさのおのみこと》との闘いを、大掛かりな特撮で映画にしたなら面白いものが出来るのではないか、とふと思った。

馴染の小さな酒場に行き、寿司を注文して夕食代りにする。その後、衝突したホステスのことを思い出し、行ってやろう、と思ったが、何処《どこ》の店に勤めているのか忘れていたのに気付き、苦笑する。相手は、自分の店を、私が知っている、と決め込んでいたに違いない。だから店の名前を告げなかったのだ。仕方なく他の店に行き、マダムに彼女の話をすると、オーナーママは毅然《きぜん》とした口調でいった。

「その女《こ》はホステス失格、うちの女なら必ず店の名前をいいますよ」

なかなか立派な一言であった。

某月某日

今年、最後の海釣りに出掛ける。冬にしては風のない暖かい日であった。同行者はT君で釣りマニアである。冬は海水温度が冷えているので魚がなかなか餌《えさ》を食べない。友ケ島附近で糸を垂らす。危惧《きぐ》した通り、一時間ばかり魚信がない。ボートをあちこちに移動し、やっと三十糎《センチ》ばかりのイシモチを釣った。ところがその頃から、T君の餌に魚が喰いつき始めた。こういう時は矢張り焦る。二人は二米《メートル》ほどしか離れていないが、魚は私の餌を馬鹿にしたように、T君の方にばかり集まる。仕掛けも餌も一緒だから、付きとしかいえない。

結局私は、イシモチ一匹、キス二匹、トラハゼ三匹で終ったが、T君は二十五糎の鯛、ハゲ、イシモチ、ガシラなどを釣る。

家に帰り一眠りしてから、釣ったイシモチを刺身にして食べる。冬のイシモチは身が締まっていてなかなか旨《うま》い。飯を食べた後、ブランディを飲みながらテレビの洋画を観る。観終った頃、適当に酔いが廻り、珍しく午前零時頃眠ってしまった。

某月某日

阿部牧郎、難波利三、私の弟の黒岩龍太などと忘年会をする。二次会でS社のU氏が参加し、久し振りに思い切り飲む。年内最後の営業日であるラモールで歌を歌った。

この店で歌う時は何時《いつ》もかなり酔っている。数年前、矢張り年末の最終日に「青年日本の歌」を延々と歌い、客を沈黙させたことがあった。それ以来自戒し、こういう歌は、最終段階の深夜クラブで歌うことにしている。そこで、私にとっては新曲の

「夜明けの街」を歌った。

何とか歌えて良い気分になり、そろそろ次の店に行こう、と思っていると、同席者が「青年日本の歌」をリクエストした。

見廻すと客は少なくなっている。毒くらわば皿まで、という気持で、「青年日本の歌」を遂に十一番まで歌ってしまった。勿論私は右翼ではない。右翼であろうと左翼であろうと、主義者は大嫌いである。ただこの歌を歌うと、四十年前の青春時代の情熱が甦《よみがえ》って来るような感じがする。自己陶酔というやつかもしれない。最後はドンキホウテイに行き、大伴旅人《おおとものたびと》の、酒の歌ばかり数首歌って午前二時頃店を出た。

某月某日

昨夜飲み過ぎたせいか、午前七時頃眼が覚《さ》めてしまった。この頃は年齢のせいか、飲み過ぎると早く眼が覚めるようになった。一階に下り、朝刊を読みながら、ブランディをダブル分ぐらい飲む。約三十分だが好い気持になり再びベッドにもぐり込む。眼が覚めたのは午後二時であった。今度はレモン汁を飲み、トーストと紅茶で朝昼兼用の食事を済ます。

午後三時頃から机に向い歴史紀行の随筆に取り掛かる。随筆といっても十五枚なので、年内に半分だけでも書いておかねばならない、と夜の八時頃まで頑張った。歴史の随筆を書くと、色々な文献を引っ張り出さねばならないので時間を喰う。何時の間にか机の上には数冊の本が山積みになっていた。

原稿用紙を拡げている場所が狭くなり、山積みの本を一寸《ちょっと》手で押すと、二冊が床に落ちた。大きな音がし、筆が止まった。思わず吐息《といき》をつくと、インターホンが鳴り、女房が、食事の用意が出来た、と告げた。

朝昼兼用の食事がトーストだけだったせいか、久し振りに食欲を感じ、大きな欠伸《あくび》をしながら、今、下りる、と返事をした。

（昭和58年3月号）

宿酔いの〝地獄旅〟

森　詠（作家）

某月某日

ジャック・ダニエル・ブラックを仕入れたとの誘いに、一も二もなく乗って、荻窪の船戸与一宅を訪ねた。船戸と呑《の》むのは、四ヵ月振りだった。

船戸は、三ヵ月ばかり南米大陸を回って帰国した。彼と入れ替りで、私は約一ヵ月、北アフリカを旅してきた。互いに無事帰還を祝して、盃《さかずき》を交わす。飲むほどに、酔うほどに、気が大きくなり、去年から懸案になっている南北アメリカ大陸縦断ラリー計画の話に夢中になる。

仲間何人かと、車二台に分乗し、アラスカは北の果てから、ロッキー山中を抜け、革命戦乱の地・中部アメリカを見て回る。アンデス山脈を下ってアマゾン河を渡り、ジャングルを探検してパンパスに到り、最後には南米最南端のホーン岬まで、二ヵ月かけて走って走って走り抜けようという計画である。

まわりの連中は、われらが計画を聞くと、鼻でせせら笑う。いい歳をして、下腹の出た中年男の考えることではない、と。この冷やかな視線がこたえられない快感でもある。どうせ人生は一度きり。それに、自分の人生は自分のものだ。夢も見るなら、大きい夢の方がいいではないか？　しかも、われらが夢は、決して実現不可能ではない。

すでに、船戸と私は硝煙《しょうえん》くすぶるトルコ・イラン間二千キロを、陸路で、しかも厳寒の十二月に走り抜ける道中を共にしている。その後、ついでに彼はパキスタンに抜け、アフガニスタンのゲリラ地帯まで覗《のぞ》きこんできたし、私は私で戦乱の地レバノンを回って帰国している。やればできない旅ではない。ちょっとばかりの勇気と大いなる好奇心だけさえあれば、世の中どうにもなるものである。

話が冒険から冒険小説論に及ぶにつれ、さほど遠くない所に住む論客・井家上《いけがみ》隆幸さんを呼び出そうとなる。酔うとやたら電話をかけたくなるのが、船戸と私の悪い癖《くせ》だ。かくして、十勝《とかち》ワインを抱えて駆けつけた井家上さんとの三人で、冒険小説とは何ぞやをめぐり口角《こうかく》泡飛ばしての大激論。とうとう夜明け近くまでなってしまった。

今日もまた、宿酔《ふつかよ》いの〝地獄旅〟だ。

某月某日

とうとうやった。新宿のアフリカ料理店ローズ・ド・サハラで、日本冒険作家クラブの発足記念パーティを開く。クラブ結成の発起人は、冒険小説の書き手、評論家の十三人衆。田中光二、伴野朗、谷恒生、北方謙三、南里征典、川又千秋、大沢在昌、西木正明、船戸与一というういずれ劣らぬ冒険作家に、井家上隆幸、内藤陳、田原孝司という冒険小説評論家、それに私を含めての十三人だ。

クラブを作ろうという機運がでてきた契機は、内藤陳さんを会長とする日本冒険小説協会の大きな盛り上りによってだ。日本冒険小説協会は、プロ・アマまじえての、いずれ劣らぬ冒険小説愛読者の集り。読者ががんばっているのに、書き手がのんびり遊んでいてはいかんだろうと一念発起したのが、われらが日本冒険作家クラブ結成の動機であった。

いわば、日本冒険小説協会は、わがクラブの生みの母というわけである。わが冒険作家クラブの目標は、一に、冒険小説の興隆を促《うなが》し、二に、そのための冒険小説専門誌の発行を実現したいという二点にある。

まだ日本では、AF（アドベンチャー・フィクション＝冒険小説）はマイナーな存在だ。かつてのSFがそうであったように、AFは大衆文学の一ジャンルとして確立していない。せいぜいが、ミステリーの一分野か、刺身《さしみ》のツマ程度にしか見られていなかった。

だが、これからは違うという予感が、私たちクラブ員の頭にはある。AFを面白いとする読者が、急速に拡っている感触が、ひしひしと感じとれるからだ。その象徴的な例が、内藤陳さんの日本冒険小説協会である。

AFファンは――私もその一人だが――これまで翻訳冒険小説で育った読者である。従来の小説雑誌に飽きたらず、読みごたえのある長篇小説単行本で目を肥《こ》やしてきた読者が多い。面白い小説を読ませろと自己主張しはじめた読者たちであり、北海道の勝手連のように、下から盛り上りつつある読者層なのである。日本冒険作家クラブは、そうした潜在的なAFファンの要望に応え、彼らがアッと驚く冒険小説を書こうという熱い志に燃えた同志を集めようという試みなのだ。

呼びかけに賛同し駆けつけた作家には、推理作家協会賞を受賞したばかりの胡桃沢耕史さんはじめ、檜山良昭、志水辰夫、矢野徹、荒巻義雄、北上次郎、辻真先、石津嵐といったそうそうたる各氏ばかり。関心を持つ出版社の編集者の人たちも合流して、四十人の規模で、内輪のパーティとして考えていた予想が、大幅にはずれて、七十人以上も集った。感謝感激。酒量もハイピッチ。

パーティ終了後、三々五々、近くの飲み屋で二次会三次会。四次会は、日本冒険小説協会公認酒場の『深夜＋1』。結局、今日もまた、新宿ゴールデン街で夜明けまで飲み明かす次第となる。

某月某日

完全な宿酔いだ。頭がふらふらするが、なんとか、約束の原稿を夕方までに三十枚書き上げ、市ヶ谷へ。日本ＹＷＣＡで開かれた日本ジャーナリストクラブ（ＪＪＣ）の総会に出た。ＪＪＣは今年で九周年になる。引き続き、こちらのクラブの幹事も続行する羽目になる。

総会後は同会館の二階でパーティ。もうこうなれば、破れかぶれ。ビールが入ったら、途端に、頭が痛いのも吹きとんでしまった。三十数人のジャーナリスト仲間と談論風発。レフチェンコ問題で、エージェントにデッチ上げられた山川暁夫さんの話も聞いた。日本では、なかなかスパイ小説は荒唐無稽《こうとうむけい》なものとして受け入れられないが、事実の方が小説よりも上回って面白い点で感心。あわせて寒心。

ここでも、ノンフィクション論をやる井家上隆幸さんと会う。お互い、カミさんよりも一緒にいる機会が多いのではないかと、苦《に》が笑い。二次会は近くの酒場『駒忠』で。最近のノンフィクションは、なぜ面白くないのかの話を交わしつつ、例によって三次会のため、新宿へくり出す。二丁目の沖縄酒場『のむら』へ。

もはや、体力の限界だ。水割りが喉《のど》を通らない。それでも乞《こ》われて、カラオケ一曲「カスバの女」を絶唱。落ち込みが激しい。まるで、暗い深海の蒼《あお》さの中に沈む思い。

タクシーで帰る途中で、夜が白々と明けていく。ああ、またも宿酔いだ。もう酒は止めだ。誰が何といっても、もう呑まないぞ。その朝、私は十九回目の禁酒を誓った。

（昭和58年8月号）

創刊編集長三木さんの会

中山あい子（作家）

某月某日

この前、この頁《ページ》を受け持ったのはいつだったろう。もう七、八年、いや十年になるような気がする。一番飲み歩いていた時期で、酒中日記という題にふさわしい夜を過していた。

まあ毎日が何とも軽薄で愉快であった。酒も美味しかった。だから飲み歩き記も多分おかしかったのだろう。

三木（章）さんから、面白かったよ、という電話を貰《もら》った。もうあの頃、三木さんは編集長ではなかったと思うが、何しろ、私は、彼が小説現代を発刊したときの懸賞小説当選というわけで、いまや百人近い？後輩を持つ身である。後輩の方がみんな偉くなったが、それはまあ当然のことで、こういう催《もよお》しは最初の方が弱体だから通るのは楽という利点がある。

それに第一回だから三木さんにも忘れ難いことだったのだ。

先日、三木君を慰労《いろう》する会、いや励ます会だったか、とにかく文壇の大先輩諸氏の音頭取りで一夜、盛大なパーティがあった。

人混みをかき分けて、やっと会えて、一言二言、ありきたりの挨拶《あいさつ》をして直《す》ぐに引き下ったが、ひどく寂しかった。

大企業の中で働きつづけたサラリーマンとして、三木さんは確実に実力を発揮しつづけたし、それなりの報われ方もした幸せな人だろうと思う。

二十年なんて、本当にあっという間だったなあ、と私は隅《すみ》っこの椅子に座ってぼんやりと、次々に人の手を握り、肩を叩かれて笑っている三木さんの背中を見ていた。

あら、何召上ってるの、と銀座の女の子が私のグラスを見た。日本酒だよ、といいながら私は水を飲んでいた。

ここんとこ、あまり酒は飲まない。

飲めば相変らず美味しいが、何となく、薬を飲む身で、一寸いじましい気がして量を減らしているのだ。

昔から、私はハシゴが好きな方で、一晩に三つ四つ店をへ巡《めぐ》って色んな奴とやあとかほいとかいい合うのが好きだった。だからどうしても量が多くなる。

それがこの二年ほどは、医者にいわれて控えめということになると、自然に飲みに出るのがつまらなくなった。ハシゴが出来ないからである。酒場なんだから、水だけ飲んでへ巡るわけにもいかない。

水を飲みながら、私は三木さんと飲んだのは何回ぐらいかなあ、なんて考えてみた。大体、私はふらっと出て行くわけで、人と待ち合わせて出るということはあまり、というより殆《ほとん》どない。だから、三木さんと偶然会うこともなかった。大体、新宿派の私と、銀座派の三木さんだからこれは仕方ない。

パーティの後などで、誘って頂くことはあったが、まあこれで銀座の女の子たちと知り合う面白さがあった。

昔、小説現代で時々一緒に仕事をした岩橋邦枝、丸川賀代子、両女史と、時々会っては三木さんを誘い出して夕食を奢《おご》って貰う習慣みたいなものが出来ていた。

その永年のお礼も兼ねて、彼の還暦を三人で祝う宴《うたげ》を設けようということで、お誘いしたのは此の間だったのに、七月になって、勇退、のニュースに吾々《われわれ》三人はおどろいた。

だから、この夜のパーティにも二人は馳《か》けつけて、私同様、遠くから三木さんを見てやや寡黙《かもく》であった。

最后《さいご》の文士ってよくいうけど、彼は、その意味で最后の編集者って面影あるねえ

——


その充足と寂寥《せきりょう》。

三木さんと大村さんに、おだてられたり、けなされたりしたことがふと、懐しさとなって私たち三人を包んでいた。お二人から実にまめに、けなされたし、おだてられたものだ。

ここ七八年、そういう編集者に出会わなくなって、私もそれなりに馴《な》れてしまった。いまだって、若い編集者と若い作家の間ではそれなりの熱い交流はあるのだろう。

要するに、こっちが年をとって、若い連中には面倒くさい存在になったということなのだ。三木さんの働き盛りに便乗したような私にとって、この夜は矢張り個人的に思い入れの深い夜となった。

人混みの中で、白髪混りのヒゲを蓄《たくわ》えた五木さんに会った。彼は昔の彼ならずと

はいえあの衝撃的なデビューの時と全く変らない若者の含羞《がんしゅう》に出会うとほっとする。髪黒々と、肌つややかな青年という印象がいまもある。もう十年も前だろう。ぼく、四十になる、と憮然《ぶぜん》としていたのはいつだったかなあ。五木寛之も四十になるのよ、と私はいい気分で笑って酒を飲んだ筈だ。

この夜、思わず、いくつになった？　と訊《き》くと、五十よ、五十――実に愉《たの》しくなって、私は通り掛りのボーイの盆から水割りをとって飲んだ。飲み始めると調子づくのである。

片隅でひっそりと赤江瀑《ばく》さんと皆川博子さんが話しているのを見付けてわっと近付き、後で出会う約束をしてしまった。この二人にはいくつになったと訊けないから妙だ。私は、自分一人が六十を出たなんて理不尽だと思うところがあるから、片っぱしから訊きたい衝動にかられるのである。

ぼうと立ってる加堂秀三なんてのは手頃な相手だから直ぐに訊いてやった。四十五になったろう、いや一寸手前、だって。でも確実に五十に近付いてる。ざま見ろっていってやった。みんな、それぞれに三木さんには熱い思い出があるにちがいない。吾々にとって、小説現代と三木さんは、生涯で最も燃えた時期を呉れたと思う。

だから、この華やかで喧騒《けんそう》なパーティの中で、一人一人の想いは、いい芝居の幕が徐々に下りてゆくのを見るように、充足と寂漠《せきばく》と鳴りやまぬ拍手の中で去り難いのだった。

この夜、私は山中湖の他人の別荘へ行く予定だったので、夜中に出発前の一刻《ひととき》を赤江氏皆川女史との歓談は都合よかった。

何年振りかでナジャへ行く。

今年の冬こそ下関へ行って赤江さんにフグを奢って貰おうということになった。

一度でいいから、大皿のフグ刺しを一人で握り飯くらい丸めて喰べたい、といじましいことを口走ってしまった。

一騒ぎして、一人だけ脱けて外に出た。

妙に寂しくて、やたら愉しく騒いだなあ。

とぼとぼ歩いてゴールデン街。煙草屋の扉も疾《と》うに降りてしまい、狭い道の真ん中にボンボンベッドを出して長崎屋の兄ちゃんがプロレスみたいに裸の腹出して寝ていた。

トミーの角を曲ってまえだに入る。

まだ全員揃《そろ》っていない。

なんだ酔ってんのか、とママ。酔ったのは酒ではないのよね、と思いながら大きなズックを放り出して壁に寄っかかった。

（昭和58年11月号）

新米記者の酒

長部日出雄（作家）

某月某日

日比谷公園の松本楼でひらかれた「殿山泰司さんを偲《しの》ぶ会」に出席、たくさんの懐かしい顔に、いっぺんに会う。

四十代よりも五十をすぎてから、急に昔馴染みに会う回数がふえたのは、若いころによくいえば奔放、べつの言葉でいえば無鉄砲で気ままな生き方をしたわれわれの共通の先輩知己には、いまの世間の基準からすると比較的早死する人が少なくなく、その通夜や葬式でたびたび顔を合わせるからだ。

——つぎはだれの番かね。

はじめは冗談めかしていたきまり文句の挨拶も、近頃では底にだいぶ真実味を帯びた感じになってきた。

でも殿山さんは、七十三歳。大酒で体をこわしながら、五十すぎからは節制に努めて、ちょっと真似のできない飄々《ひょうひょう》として個性的な晩年を、見事に過ごされたとおもう。

まだ酒乱の余韻を残していた殿山さんと知り合ったころには、銀座の有名な文壇バーから一緒につまみ出されたり、表面は大胆不敵にもおもえるのに、台東区議選に出た吉村平吉さんの応援演説で、浅草木馬館の舞台に立ったところを後から見ていたら、両足が猛烈に震えていたりとか、懐かしい思い出が一杯ある。また子供のころからスクリーンで接し、髪の毛が薄くなるにつれて役者としての魅力をぐんぐん増していくさまを見ているうちに、こっちも禿《は》げるのがちっとも恐くなくなった。

もうひとつ、突拍子もない連想とおもわれるだろうが、殿山さんでおもい出すのは、ジョージ・ルーカス製作『スター・ウォーズ　帝国の逆襲』に出てくる年齢不詳の不思議な哲人ヨーダだ。ビデオででも見られる機会があったら、ぜひご覧になって下さい。ほんとうに風貌がそっくりなんですから。

晩年の殿山さんに、遠い惑星に住んで少なくとも九百歳は越えているという老賢者ヨーダの面影を、ぼくは見ていた。

殿山さんの優しさ、含羞《がんしゅう》、洒脱なダンディズムの底には、深い悲哀の念が秘められていたような気がする。とうてい真似できないとおもいながらも、見習いたい。

某月某日

デール・ポロック著『ハリウッドを超えた映像帝国の若き成功者　ジョージ・ルーカス』（光山昌男訳）のなかに、フランシス・コッポラが家に訪ねてきたら、ルーカスは古い鉄道模型のセットを持ち出し、二人とも夢中になって何時間も列車遊びに没頭していた……という場面がある。

赤坂の中華料理店景徳鎮へ行き、内藤陳さん責任編集の雑誌「ライトアップ」の企画で、かわなかのぶひろさんと岡本喜八監督をかこむ座談会に出たとき、まずおもい出したのはその挿話と、デビューしたてのころの若き岡本監督の姿であった。

ちょうど三十年まえ——。古い話のようだが、その年に封切られた『独立愚連隊』や『暗黒街の顔役』を、現在の若者に見せたら、きっといまもって新鮮さを失っていない破天荒な面白さに驚くだろう。

とうぜん当時の若者で、週刊誌の映画欄を担当する記者であったぼくは、吃驚仰天し、いまは亡き先輩記者の大沼正さんと、たしか渋谷の近くにあった新築のアパートへインタビューに伺《うかが》ったら、気鋭の岡本監督は、部屋中にさまざまな模型を並べて、玩具ごっこに熱中していたのである。

それからすでに三十年経《た》ったわけだが、贅肉がまるでついていない細身の精悍な体つき、おおむね黒ずくめの服装、無口で照れ屋、色眼鏡のかげに隠された炯々《けいけい》たる眼光、という岡本監督のスタイルは、あのころとほとんど変わっていない。

ただ酒は一滴も飲まなかったはずだが、いまは適度にたしなまれ、話し方もいくぶん滑《なめ》らかになったように感じられるのが目につく変化だ。こっちは少しでも酒が入るとたちまちメートルが上がるたちだし、かわなかさんは映画に関してすこぶる気合の入った情熱的な論客だから、50年代、60年代のさまざまな娯楽作品を回顧して、談論風発のおもむきになる。

そして脚本を書き上げたばかりの次回作の構想を熱心に話し、映画において大切なのは子供心と遊び心で、体の動きでは若い者に負けない、と語る岡本監督は、老賢者にならぶ神話的原型にたとえていえば、まさに永遠の少年そのものであった。とうてい真似できないとおもいながらも、見習いたい。

某月某日

生まれて初めてぼくが監督した映画『夢の祭り』が公開されているシネスイッチ銀座で、若いころに働いた週刊読売の先輩諸氏と待ち合わせる。

有難いことに、いまも現役で編集部にいる池田敦子さんが肝煎《きもい》りになって、総見をしてくれたのだ。

午後の遅い回の上映が終わって、ロビーに出てきた七人の先輩は、口々に「よかった」「面白かったよ」といってくれる。後輩への激励の言葉にはちがいないけれど、一緒に働いていたころは、いずれも辛辣で、めったに褒《ほ》めることのない辛口のジャーナリストぞろいであっただけに、ほんとうに涙が出そうになるほど嬉しい。

連れ立って銀座の五合庵へ——。梶野豊三さん、篠原大さん、美川英吾さん、伊藤一男さん、笠井晴信さん、池田さん、あとからは野村宏治さんも。この日は来られなかったが、さきに見てくれた塩田丸男さんも、それから三好徹さんともおなじ編集部で机を並べた仲だ。大酒飲みのぼくが、しょっちゅう前借りをして、さんざん迷惑をかけた庶務の石塚利子さんも来てくれた。

これらの先輩に、こっちはいつも口答えをしたり食ってかかったりして、「下剋《げこく》上《じょう》」という綽名《あだな》をつけられたくらい、生意気な若僧だった。だが、みんなとひさびさにテーブルをかこんで顔を合わせると、まだ頭髪が黒々として若々しさを残している先輩にくらべ、すっかり白くなって禿げ上がったぼくのほうが「いちばん年寄りに見えるぞ」といわれる。

飲みながら語り合ううちに、その場は昭和三十年代、美空ひばりと石原裕次郎が全盛時代だったころの週刊誌編集部にタイムスリップして、大いに盛り上がる。『夢の祭り』は、いつまでも夢を追いつづける永遠の少年が、老賢者と謎の美女に導かれて、芸の魔界に入っていく、という映画なのだが、こうして見ると、だれのなかにも永遠の少年（または少女）と、老賢者（あるいは謎の美女）が同居しているのが、よくわかる。

こんなに嬉しく有難い酒を飲むことは、これから先もそうはないだろうとおもいながら、ぼくは新米記者のころの気持になって、ビールのグラスを重ねつづけた。

（平成1年8月号）

酒に弱くなった

津本 陽（作家）

某月某日

近頃は昼食をとらず、一日二食が習慣となった。遅い朝食をたべると、夕方にほどよく腹がへる。

というわけで、和歌山の家を午前九時頃出るまえに朝飯を食い、大阪駅から信州長野ゆきの特急列車に乗った。

東京へ帰る途中、上山田《かみやまだ》温泉に一泊し、長野県酒造組合連合会の講演会に出るためである。

途中、昼飯は食べなかった。ビールなどの飲みものも口にしない。

松本から列車を乗りかえ、戸倉駅で下車する。顔色の浅黒い健康そうな女性が二人、むかえにきてくれた。日本アルプスで鍛えたという腕力で、書物をつめこみ石のように重い私のカバンを提《さ》げてくれる。

旅館に着くと、小憩《しょうけい》ののち講演がはじまる。

なんとなく泊るのがいやになり、その夜のうちに帰ろうとしたが、連合会の方々にとめられた。

六十がらみの副会長さんは穏和《おんわ》な物腰で、いくらか女っぽい仕草をみせる。はじめは目立たない人であったが、実はものすごい酒豪であることが、あとで分った。

一時間半の講演は信長に関するもので、難なく終った。

それからさっそく宴会になった。

私は母の里が酒造をいとなんでいるので、酒屋さんになんとなく親しみを感じる。だが、大事なことを忘れていた。

酒造業の当主はおしなべて、なみの酒量ではない。叔父二人がそうであったのに、不覚にも私は、つぎからつぎへと前に坐って酒をついでくれる酒屋のご主人がたと盃の献酬《けんしゅう》をかさねることとなった。

腹がすいているので、まずなにか食べようとしたのだが、その隙《すき》がない。

やがてお膳のうえの食べものに、箸《はし》をつけられなくなった。私をもてなしにやってくるご主人がたが、上機嫌でしゃべりまくり、唾《つば》をまきちらしていってくれるからである。

酒は大吟醸《だいぎんじょう》の逸品で、喉《のど》を通るのに何の抵抗もない。酒屋の主人が晩酌にもちいる酒の、麴《こうじ》の滋味としかいいようのない甘さは、極上《ごくじょう》のワインに通じるフルーティなものである。

私は一時間ほど座にいるうちに、これはいかんと思うほどに酩酊した。

「また明日は仕事がありますので、これで失礼します」

といいつつ立とうとすると、副会長氏にとめられた。

彼は私の腕に手をからみつかせ、しなをつくるかのような風情《ふぜい》でとめる。

「上山田はこれからがおもしろいんですよ。おなかがすいてれば、信州そばでもいかがでしょう」

私はそば屋へゆき、夢中でそばを食う。

その店にも酒造組合の銘酒が用意されており、またしたたかにふるまわれた。

もてなしてくれる方々は、水を呑むようにコップをあける。副会長氏の呑みっぷりは、なかでも見事であった。

そば屋を出ると、また誘われた。

「これからですよ。まだ宵のくちですのに、外へ出ましょうよ」

私は口から酒がこぼれそうになっている。

部屋に帰り、ひとりごとをいいつつ服をぬぐとそのままベッドへ倒れこむ。

ほんの五分か十分寝たつもりであったのに、眼がさめると辺《あた》りが明るくなっていた。

某月某日

気のあった相手二人と酒を呑むことにした。場所は文筆業界であまりにも名高い「はちまき岡田」である。

私はあの店の料理も酒も、以前からたいへん気にいっている。酒好きの人間の好みを知りつくしたような食べものがつぎつぎとでてきて、うれしい。

ひとにいわなかったのは、何となく照れくさいからであるが、まあいいか。

まえに遠縁にあたる那須翔氏とここで呑んだことがあったが、酒豪の翔氏はデザートがでたあとで、お銚子を二本注文した。

さて、小座敷で呑みはじめた。ひとりはビールしか呑まないので、私と、いまひとりが樽酒を口にはこぶ。

ひさしぶりにきてみると、やはり料理は旨《うま》い。腹のふくれない量であるのが、ほどよく食欲をさそう。

私は酒を呑むと、よくしゃべる。

ふだんは机にむかっているか、ぼんやりしている時間が多いせいか、すこし酔ってしゃべりはじめるととまらない。

この辺りが限界だぞ、と自分にいい聞かせているうちに、いってはいけないと考えている事柄について、しゃべりたくてたまらなくなってくる。それで、ついにいってしまう。いいだすと、「あ、いかん」と思いつつ口がうごく。

これは母の遺伝のように思える。母は何もかくしごとのできない人であった。心配ごとなどあれば、誰にでもうちあけてしまった。

そのような前後の思慮のなさというものが、私にもある。

ただ、私はいくら呑んでもわれを忘れることが、いままでになかった。どれほど呑んでも、自分のしゃべったこととか周囲の状況を、いやになるほど精細におぼえている。

十数年まえになるが、大阪府茨木市の故・富士正晴氏宅で二升呑んで、和歌山まで電車を乗り継いで帰り、家でカレーライスを食って寝た。

だから、私は酒を呑んでいるあいだは、すべての状況をおぼえているつもりであった。それが違った。

「はちまき岡田」を出て、つぎにバーへ立ち寄ったとき、私は友人のひとりに耳うちされた。

「あまり呑むんじゃない。あんたはもう、一升ちかく呑んでいる」

ほんまか、と私は愕然《がくぜん》とした。

二人で銚子を五、六本あけただけだと思っていたためである。

十七、八本も呑んだという友人の言葉が真実であれば、私には意識の欠落があったことになる。

「やっぱり年齢《とし》やなあ」

私は思わず肩をおとした。

（平成2年1月号）

バラバラでんがな

伊集院静（作家）

七月某日

午后、京都出発。本日は東京にて二時間打合せでトンボ返りの予定。体調悪く、酒控え目と……。打合せ思ったより早く終了。

「どこかで食事に」

「駅のそばがいいですね」

八重洲口の裏手が鮨屋《すしや》。ビールのみにする。

「ほんとうに帰るんですか」

「ほんとうです。鉄の意志です」

「残念だな……、せっかく」

「せっかく何ですか」

「いや、ちょっと逢わせたいママがいたもんですから」

「どこの」

「銀座ですよ」

「………」

ビールを飲むうちに、

――どうして自分は京都に戻らなくてはならんのだろうか……、と思いはじめる。

「そろそろ、あと二十分です」

鮨屋の主人が時計を見て言う。

「もう一杯で行こう。走れば間に合うでしょう」

「帰るのよしたらどうですか」

「いえ、帰ります。さあ行こう」

「じゃあ早く、あと十分です。走ってもギリギリです」

「わかりました。しかし」

「しかし何ですか」

「走ると、不整脈が出ます」

「それで」

「だから、銀座のそのママのところへ行きましょう」

皆ニヤリ。あとは銀座「ON」でアッコチャン。「まり花」ではママとよし子とゆうこが、いつから流行《はや》ったのか、テキーラに炭酸入れて、机にぶっ叩く酒の飲み比べ。ここはイケナイと「グレ」へ中畑清志、魚住勉両氏と長友啓典氏合流。

「あのホテル失《な》くなって困りましたよね」

魚住氏と話す。逗子《ずし》のなぎさホテルのこと。氏は毎年夏になると美しい奥様を連れて、長逗留《ながとうりゅう》。

「よく夜中に酔って戻ってましたよね」

氏の言葉に六、七年前の鎌倉の酔っ払いの自分を思い出す。「グレ」の律チャン「まり花」三美女と六本木「インゴ」から「アプリコットハウス」。表に出ると陽差しがまぶしい。

七月某日の翌日

目覚めると、枕元に大きな写真と線香台。見知らぬ部屋。写真は見覚えのある老人。

都内某マンションの一室。昔の女の部屋か……。

ドアを開けると、大きな顔。加納典明氏。どうやってここへ来たのだろうか。時計は二時。遅い朝食で礼を言って、表へ。

六本木K２へ行って原稿書き。康子嬢、ビールでも……に、二日酔いの薬を。長友氏と夕刻より出発する。

「わて、明日早いから飯にして今夜は終ろな」

「私も京都に戻りますから賛成」

「ほなビアガーデンでも行こか」

「いいですね」

東京プリンスホテルのビアガーデンに行く。周囲は皆女連れ。頬を赤くしたＯＬが、タメ息こぼしながら私たちのテーブルのそばを通り過ぎて行く。二人で鉄板焼きのタマネギを裏返したりしていて、なんかむなしくなる。

一人で十人くらい若い女を連れている課長のような中年もいる。

「銀座でも行きましょうかトモさん」

「……そやな。一軒だけやで」

「私も最終で帰りますから」

「ほんまやな」

「勿論《もちろん》」

銀座「ON」から「まり花」から「グレ」、加納氏合流。「まり花」に戻って六本木のカラオケバーに。加納氏絶叫。また加納邸。枕元の老人の写真。加納氏の父君。私の競輪の先輩、早いもので三回忌。天井見ながら、

――また戻れなかったなあ。

七月某日

京都「おいと」で食事後「惺々」にて主人の話聞きながら酔う。話題は九月に始まる舞台「ゾルバその男」のこと。原作を講談社の土屋氏に送ってもらう。読んだら主人に貸す約束。「BON」にて芸妓衆合流。孝鶴、そ乃美、皆すでに大虎。

「パァッと行きまひょうな」

孝鶴エンジン全開。

「ストレートにしてな。しんきくさいわ」

そ乃美腰座る。そうだそうだと私時計見る。すでに五時。帰りに五条近くの「北京亭」でラーメンと焼飯。私生《なま》ビール。二人とも食べながら飲む豪快さ。

「こなするから太るんやろか」

そっと二人の体軀うかがう。立派になられて……。

八月某日

青森競輪場から、青森の街へ。

「今夜仕事があるから飯だけで」

記者の赤羽氏と二人で「たん吉」へ。生ビール美味《うま》し。

「ちらっと飲んで帰りますか」

「シルキー」関西の競輪記者の面々。少し飲んでから引き揚げる。

「ちょっと飲み足りないね」

「でも仕事あるんでしょう」

「一杯くらいいいでしょう」

「赤いリンゴ」東北美人のママ。

「もう一軒行こうか」

「仕事大丈夫」

「大丈夫」

「スマイル」ここは十年位前に流行したミニクラブの原型が残っている珍しい店。ただし十年前に若かったろう女性ばかり。

「お客さん、飲みがたんないんでないか」

顔も身体も大乃国関《ぜき》に似た女性がストレートをグラスに注ぐ。

「この人仕事があるの。少なくしてよ」

「私だって仕事してんのよ」

そりゃあそうだ。仕事にならず。

八月某日
青森競輪最終日。鬼脚こと井上茂徳優勝。贔屓《ひいき》の選手勝って喜々。
「函館行って一緒に飲みましょ」
「いや、仕事があるんだって」

鬼脚振り切って大阪―京都。長友氏、小山氏待つ四条「銀水」から「輪違屋」そこの若ぼんと祇園《ぎおん》「たかし」から「北京亭」へ。家に戻ると、伝言とFAXの山。疲れて眠ってしまう。

夜中に山口県の競輪の友より電話が入る。起き出して電話口で乾杯。鬼脚の勝利に酔う。そばでFAX動いている。FAXにも酒をかけたい気分。

八月某日

大阪、黒門町「よだれ鮨」。大阪スポーツニッポンの本田健チャンと待合せ。福島「すえひろ」で水道屋のおやじとガス屋のおやじに、競艇担当記者。あと数人と騒いだが、職業は判明せず。皆で南へくり出す。何名で行ったのか最初からわからないので、梯子酒《はしござけ》をしていても全員揃っているのかどうか訳わからず。

「イブ」「つるつる」「酒都」「チルドレン」あとは覚えてない。

明け方、淀川沿いを健チャンと二人で歩く。

「あんた毎晩こんなしてたら、人間バラバラになっとうよ」

「じゃあ健チャンもだな」

「わてはもうバラバラでんがな」

「じゃあ俺もそうだ」

橋のたもとに、赤ちょうちんの点《とも》っているちいさな店が一軒。

「あそこで反省会してから、別れまひょか」

「そうだね」

ちょうちんを仕舞う婆さんの姿が見えて、二人とも走り出す。


（平成2年9月号）

「まえださんの会」大盛況

佐木隆三（作家）

某月某日

西武新宿線の野方《のがた》駅に近い独身女性のマンションに籠《こ》もって、ビールを飲みながら往復ハガキの宛名《あてな》書きに励んだ。

このマンションは、新宿ゴールデン街『まえだ』のママの前田崇江さんが十数年前に購入したもので、午前二時から三時の閉店後に皆で押し掛け、ウイスキーを飲ませてもらったりした。

昨年十二月初め、前田さんは喉《のど》に異常を覚えて東京女子医大で検査を受け、即入院となった。手術を受けて結果的に声帯を失ったが、春には退院して散歩を日課としてリハビリに励んだ。

七月にマンションへ見舞いに訪れた中上健次が、わが家へ電話してきた。

「お店を再開したいそうだから、集まって励ますことにしたら？　オレたちは、『まえだ』のおかあさんに育ててもらったもんね」

「そういうことになるなあ」

　わたしは、しんみり答えた。

　一九七六年一月、第七十四回の芥川・直木賞の選考会で、「岬」の中上は芥川賞、「復讐するは我にあり」のわたしは直木賞に決まった。

　すぐ後に顔を合わせたら、「前田のおかあさんには、どっちが招待状を出す？」と中上が尋ねた。

　彼は当時二十九歳で、初の戦後生まれ受賞者……と、話題になっていた。わたしは三十八歳で、前田さんを「おねえさん」と呼んでいたから世代の違いを実感した。

　どちらが招待状を出したかは忘れたが、授賞式のパーティでもらった花束を抱えて、深夜に『まえだ』に辿《たど》り着いたら、もう中上が持参したバラが飾ってあった。

　そんなことを思い出しながら、二人で下準備を話し合う約束をしたが、中上はやたら忙しく、アメリカから帰ったと思えば韓国へ行き、国内にいると聞いて安心したら新宮《しんぐう》で原稿を書いている。

六年前、『まえだ』の二十周年パーティを新宿厚生年金会館で開いて、四百人以上も集まる盛会だった。こんどは「復帰を祝う会」だから、同じように盛況であってほしい。下準備を整えてから、しかるべき方々に発起人をお願いするつもりで、パーティ会場は新宿西口の京王プラザを予約したが、期日が迫っても相棒の中上が捕まらない。

やむなく、「御案内」の往復ハガキを中上と連名で出すことにして、「景気づけの祭りの準備を命ぜられた若輩二人、謹んで御案内申し上げます」と、七百枚を印刷したのである。

若い編集者が、「前田さんのためなら」と手伝いを引き受けてくれたので、顧客名簿を頼りに宛名書きを進めた。

この顧客名簿は、二十六年間の『まえだ』の歴史を物語る。「清水正二郎　鎌倉市……」とあるのは、いうまでもなく胡桃沢耕史さんだが、前田さんにとって訂正の必要はない。

七百枚の宛名書きを終えたが、足りないことがわかった。さっそく二百枚を〝増刷〟する手配をして終電車で帰り、家でチビチビ飲んで寝ることにした。しかし、二十三年前に北九州から東京へ引っ越して、『まえだ』に入り浸《びた》った日々の出来事を思い起こすと、心が騒いで眠れない。いくら飲んでも妙に頭が冴《さ》える夜が、稀《まれ》にはあるものだ。

某月某日

「まえださんの復帰を祝う会」が近づき、都内某所において中上健次、唐十郎、編集者諸氏と打合せ。唐さんはアトラクション担当を買って出て、会場に『まえだ』をセットで再現するという。

往復ハガキの返信宛先は中上の事務所で、反応は上々という。しかし、宛先不明で返送されたものも少なくない。「ただいま入院中で……」と記されたものもあり、二十六年間という時の流れを感じさせられる。

そういえば、前田さんは満六十歳になる。赤いチャンチャンコは嫌がるだろうから、パーティの途中にお色直しで、真っ赤なドレスに着替えてもらうことになり、急いで新調しなければならぬ。

そんなことを決めた後、第一〇三回芥川・直木賞パーティへ出席する。別に〝客引き行為〟ではないが、心当たりに「九月十二日は宜《よろ》しく」と念を押した。二十代のころから『まえだ』に出入りした編集者で、今は局長クラスで役員の人も珍しくない。

某月某日

会場のホテルへ出向いて、宴会担当者と打合せ。ベテラン編集者が十人も来てくれて、パーティのノウハウを心得ているから、ホテル側も率直に対応する。三百人の出席予定だから、料理二百五十人分を用意することにした。

文壇パーティの特徴は、料理を食べる人は余りおらず、いつも酒が不足気味という。しかし、ホテルとしては豪勢なテーブルにしたい。酒瓶ばかり並べるわけにはいかないだろうから、ウイスキー五十本は持ち込まねばならない。

「五十本は多すぎます。残ったらどうしますか？」

宴会担当者は目をムイた。なにしろ持込料は、一本四千円なのである。そこで妥協して、四十本を持ち込むことにした。

某月某日

パーティは午後六時からだが、ソワソワして落ち着かず、昼前に家を出て新宿をブラブラして、薬局に入って漢方系のドリンクを二本飲んだ。これを前もって飲んでおくと悪酔いしないのである。

本日は司会・進行係を、中上と二人で務める。司会が酔っぱらっていては、パーティはぶち壊しだから、心しなければならない。それでも、全くの素面《しらふ》で人前には出られない。会場近くの高層ビルの食堂街で、生ビールを二杯飲んでホテルの控室へ向かった。

岩橋邦枝さんが前田さんの介添役《かいぞえやく》としてマンションから会場へ同行し、中山あい子さんが司会・進行係を叱咤《しった》激励する。大姐御《おおあねご》の中山さんには、乾杯の発声を頼んでいるから、そのときはウイスキーをストレートで飲みたい。

五時四十五分ころから受付に列ができ、五十分には会場に入って頂いた。このとき入口に、前田さん、中山さん、〝若輩二人〟が並んだ。「結婚式みたいだねえ」と冷やかす人がいたが、四人をどう組み合わせるのだろう?

大きな会場だが、続々と出席者が続いて、ほぼ定刻通りに始めることができた。長引いても午後八時半には終えねばならない。

長部日出雄さんが花束を持参して、スピーチで「女性に渡すのは初めてでありまして」と照れている。会場の皆さんには、飲みながらスピーチを聞いて頂いたつもりだが、中山さんから「食べ物が乾くぞ」と叱られた。

午後七時二十一分、「ウイスキーが切れました」とホテル側から報告がある。料理は手付かずなのに、飲み物は追加四十本をふくめて途切れたのだ。参加者は四百人に達する見込だから、ドンとウイスキーを追加注文して、わたしも負けじと飲んで、気持ちよく酔っぱらった。

（平成2年11月号）

この馬券野郎

黒鉄《くろがね》ヒロシ（漫画家）

某月某日

三年程前から、遊びの軸に競馬を据えた。過去、その位置には、カードや麻雀やダイスが座わっていたのだが、老後の遊びについて存命中の色川さんと話し合った時に出した結論である。

老いは様々な形で現れる。手がブルブルと震えるやもしれぬ。「手に頼る種目は敬遠と云うことになりますね」「足腰にもくる」「出かけるのが億劫《おっくう》ですね」「迷惑かけちゃうねえ」「…………」

来たるべき、寝たきり老人にふさわしい遊びの条件は、一、手に頼らず、二、外出をせず、三、一人で、楽しめる、ものである。

消去法で残ったのは、競馬であった。

ケーブルTVでは競馬場と同じ中継をしてくれるし、馬券は電話投票がある。「当たた！　当たた！」と喜びのあまりに失禁したところで平気である。外《はず》れれば、そのまま気絶してしまえばよろしい。

色川さんが亡くなる前にその役を務められた水沢《みずさわ》競馬のアラブ王冠の解説の為に新幹線に乗った。

競馬新聞を眺《なが》めたところで、ナンも判らん。どの馬も知らん。アラブは特に判らん。直線コースが短いので、逃げ馬からオッズの高い枠《わく》へ下品に3点流す。

3レース連続で中穴が当たってしまった。

競馬ハ、水沢ニ、限ル。

某月某日

今年の大井のトゥインクルレースも、そろそろおしまいである。

来年までお預け、となると出かけにゃあなるまいて。

家人の賛同は得られなかったけれど「そうだ、そうだ、そうだとも」と一人頷《うなず》いているうちに大井競馬場に着いた。

深く頷いた仲間は他にも居て、アートディレクターの長友啓典さん、俳優の小林薫さん、コピーライターの沢口敏夫さん達と合流する。

「反省会でんな」と友さんが云う。

全員が頷きながら、銀座菊寿しへ。

「これは食事の反省会ということで、次はお酒の反省会しまひょか」

全員、深く頷きながら八丁目へ移動。

「反省が、皆さん、足りまへんな」

よく頷いた夜であった。

某月某日

中山開催は今週で十二月まで休みだ。

「師走までお別れとなると、キチッとけじめをつけておきたいものだ」

本間さんと沢口さんを誘ってみる。

みんな元気だ、お馬は走る。


――

中山は嫌いだ。

某月某日の翌日の某月某日

「今日が、本当の第四回の中山の最終日なんだよね」「でも、台風が……」と云う弱虫の家人を「だからこそ、レースも荒れるのだから、判っていて行かない手は無いよ」と説得して昨日の大敗にも懲りずまた、中山へ。

中山は嫌いだ。

台風の影響もあってか、帰り道は大混雑なので、台風と渋滞を遣《や》り過ごそうと、本間兄弟の案内で競馬場近くのそば屋で飲む。台風も渋滞も、とっくに過ぎたのに帰らないのは何故か。

某月某日

いよいよ、僕の大好きな東京競馬場へ馬達が帰ってきた。

「お帰り！」「ただ馬」

明日は天皇賞の前哨戦《ぜんしょうせん》か、待ちに待った第41回毎日王冠だから、その資金集めの意味もあって、ここはひとつ決めたい、と云うよりも、ここからは有馬記念まで、決め続けたい。

風邪をひいて起きられない家人をベッドに残して府中へ出かけようとすると、病人はベッドの中から紙片を握った右手を弱々しく差し出してヒラヒラとさせるのであった。

「これ、買っておいて。10レースの1—8、3—8、5—8」

紙片を受け取ると、病人はニコと笑って蒲団の中に、その姿を隠したのだった。

いつもは、ビールやウイスキーを飲みながら競馬を楽しむのだが、本日は覚悟の程が違って禁酒である。

珍しく覚悟が結果に繋《つな》がった。

どうだ、どうだ、どうだ。もひとつおまけにどうだ。

8レース、1—8、2820円、9レース、4—8、3730円、10レース、3—8、2330円、もひとつおまけに11レース、1—7、1150円。

病人の3—8も当たってしまった。

大急ぎで帰宅する。

土、日の仕事は生意気にも、ほとんどお断りしているのだが、ギャンブル好きの徳光さんが司会では致し方が無い。

夜九時からのＴＶコロンブスの出演を引き受けていたのだ。

熱いシャワーで汗を流し、湯気の立つ体で迎えの車に乗り込む。

番組は、すみやかに進行して終了した。

新作のアニメーションの打ち合わせの為にＴＹＯの泉さんがテレビ東京の玄関で待っていた。

「軽くやりながら」と云う泉さんに「それは、ちょっと」と首を傾《かし》げて見せて「重くなら」と笑う。

ネオン海　六本木かけて漕《こ》ぎいでぬと　人には云うなよ　バーのネエさん。

上機嫌であった。

鞄《かばん》の紛失に気付くまでは――。

さっきの店じゃ、あっちの店じゃ、こっちの店じゃ、どっちの店じゃ。

いつものように競馬場で飲んでおけば良かった。日中を禁酒にした反動が、夜の大酒となって現れたものであろう。

やはり酒は昼からのむべきである。

カードが二枚と、白紙の小切手が一枚。

これは電話で停止の申請をすれば済む。

現金は諦《あきら》める。落とした僕が馬鹿なのよ。拾った貴兄は笑って喜べ。

でも、馬券は返してくれ。頼む。返してくれ。それが適《かな》わないのであれば、破らないでくれ。捨てないでくれ。当たっておるのだ。何に使おうが知ったこっちゃないが、換金してくれ。これ以上ＪＲＡに儲《もう》けさせてたまるものか。とにかく引き出すんだよ——。ドロボー。

もうヤケでベロンベロンになるまで飲んでやった。

泉さんがくれたタクシーのチケットで帰宅した。

なにせ無一文だから、翌日の毎日王冠は行けない。レースの検討をしても無駄であるから寝てしまった。

「これ」

某月某日の翌日の某月某日
家人が二日酔いのオレを起こす。「今日は行かない、と云うより、行けない」「これ」

馬券と現金である。

「どうして3—8の馬券を持ってるの」「昨日わたしの分は、もらったじゃないの。それに、これを足したら行けるでしょう」

女房の、コーハールー、である。

何が何でも勝たねばならぬ。

落とした分を二倍にしてJRAに面倒を見てもらいたい。

断られた。

オサイチの馬鹿、バンブーの馬鹿、東京競馬場の馬鹿、俺の大馬鹿。

某月某日
天国の色川さんに申し上げます。老人になる前にボカア、馬に殺されそうですよ。


（平成2年11月号）

理屈はいらない

野坂昭如（作家）

某月某日

常の如く朝四時に目覚める。この何年か、ホテル、旅館での宿泊を別に、家で睡《ねむ》るのは畳の上、布団に体を横たえることはない。またシラフで寝入ることも、まずない。生来、というのも変だが、二日酔いを知らず、いかに深酒のあげくであろうと、二時間もうとうとしてれば、正気に戻る。もっともこれは自分でそう思いこんでいるだけ、はた目には泥中の怪虫の如きものかもしれぬ。とりあえず、湯で割った焼酎を飲む、朝からの酎割りは、何ものにもかえがたくうまい。家人にバレてはまずいから、つまりつべこべ文句いわれるから、いかにも原稿を書きつつ、うやうやしく茶を喫する態《てい》に装う。酒一斗詩百編の才もあろうが、こちらには縁がない。ただいっぱいもういっぱい、いうなかれ君よ別れを。鏡をみる癖がついた、つまり、酒が過ぎれば、必ず顔付きが変ってくる、頬と眉と眉の間が赤変、なるほどこれがアル中の表情かと納得。だからどうしたというのだ、古来、物書きは変死するときまったものだ。

某月某日

四時起床、ゴミ出しの日だから家中のゴミを集め、袋に詰めて運び出すこと七度。多分、お中元に頂いたのであろう缶ビールが六本あったから飲む。この怪態《けったい》なる容器もアメリカ文化のもたらしたものに違いない。グラスに移しては、また家人に見とがめられよう。温室の中に入りこんで、すべて枯れてしまったランを見やりつつ、プルトップ方式ではない開缶の、押し込みオープンは、まことに飲みにくい。風速六十メートルに耐えるといわれるこのフレーム、造って十五年経《た》つ。昭和二十年五月、B29の爆弾で、あたりすべてフッとんだのに、御近所のお屋敷の温室の硝子《ガラス》だけ残っていたのを、思い出す。その一枚一枚頂戴して、破れを補ったのだ。猫がやってくる、一匹はビールが好きで、植木鉢の下に置く白いプレートに注いでやると、ミルクを飲むようになめている。

某月某日

食欲まったく無し。尿療法というのをためしてみようかと思う。子供の頃に読んだ小説の中に、船が難破して、ボートで漂流する時、海水を飲むと、塩分が強過ぎて死んでしまう、須《すべから》く小便にて渇きを癒《いや》すべしとあった。焼酎の尿割りというのはどうかなと思いつつ、そこまではやはり踏み切れなくて、朝から湯で割りつつ、昼までに四合。旧友斎藤保、酒友熊谷幸吉、二人とも朝からの焼酎で、死んだ。かくすればかくなるものとしりつつも、やむにやまれぬ湯割り焼酎。浮世のバカは、ヌーボーで死ね。昼からはビール、といっても家じゃ飲めないから、近くの寿司屋。ここには、老人ばかりが、昼間から寄り集っていずれも上機嫌、こういうのをみていると、たしかにフクシ国家だとは思う。一月ほど前だったか、それぞれの歳をたずねたら、われがいちばん上なのだ。七十くらいかとみていた御仁、実は四十六歳、そのこしかたをうかがうと、まことに苦労されている。日本人一般が、若くみられるというのは、つまり苦労が足りないせいじゃないのか、いや、足りないじゃなくて、けっこうな明け暮れのせいじゃないいか。何が何だかよく判らないまま、運送屋さんの家に入りこんでいて、のんだくれたあげくに、東北より直送の野の幸を沢山頂く。家の近くで求めるヴエジタブルに較べ、まったく別物。タバコが悪いの、カルシュームが足りないのと、いったい何なのだ。青森でできたゴボウと、スーパーのそれをくらべてみろ、マリファナがどうしたというのだ。ヤイ、厚生省、食いものについて少しは考えてみろ。

某月某日

顔はげっそり痩《や》せ、いたるところに肝障害特有の赤斑が浮き出している。フランス、じゃなかったベルギー在住の、丸紅ヨーロッパ支配人、元ラグビー全日本ウイングの、藤原優より送られて来た、ワインを飲む。いわゆる仕事などぜんぜんしない。六十歳過ぎて、何でアクセクしなきゃならないのか。御近所の、海外駐在の経験ある商社マン三人を招き、午前十時よりパーティ。折りもよし妻は、外出。それぞれにおとくいの唄をうたう、なんといってもプロのわれがいちばんうまい。昼寝の後、なんとない罪の意識にかられて、家中をふき掃除する。東京でこんなことをひけらかすのはいや味だが、庭には蟇《がま》も蛇もヤモリもいる、蟇のためミミズを探す、三年前に産れた足の悪い蟇が、まだちゃんと生きている。野鳥はたしかに減った。アル中の猫とウイスキーの水割りを飲む。机の上に、原稿をならべて寝る。ファクシミリで送ると、ナマが残るから、これをこれみよがしにしておけば、家人は、「本日もよく仕事をなせり」と受けとめる。まことファクシミリは文明の利器なり。

某月某日

夜中に目覚め、物置きから酒を運びこむ、客間にいちおうそろっているが、空にするとバレてしまう。以前、飲んだだけ番茶を補っておいたら、妻たちがパーティを開き、えらく叱られた。故に、表向きの瓶には手をふれない。夜中に飲むウイスキーはまた格別。もはや娯楽小説を読む気にもなれない。肝臓に悪いだろうなと思いつつ、グラスに少し注ぎ、いやもう少しくらいいいだろうと注ぎ足し、トイレットの水でうすめ、ボケーッと飲む、たいてい朝までに一本は空いている。アリャサのサッサと一人で書斎で踊りつつ、こういうのは、酒仙でも、酒乱でも、酒豪でもない、酒痴、酒奴であろうか。かつて体重六十五キロあったが、今は六十四キロで、一キロを酒に奪われた勘定。酒を飲むとどうして、息がくさくなるのでしょう、家人と顔を合わすことができず、一人、じっとしている。この三日間、固形物はいっさい口にしていない。

某月某日

検査を受けろと、何人もがいう、御親切さまなることなり。どうってことはない、いちおう昼間は謹んで、ボケーッとしている。肝臓の肥大はよく判る、その他もろもろよろしくない。しかし、だからどうというのだ、もの心ついた時から、私は小説家になろうと思っていた。もう一作なんてことをいうアホらしさ加減もよく知っている。どうでもいいのだ。朝から晩まで酒びたり、「酒中日記」がきいてあきれる、偉そうに、誰それと飲んだ、今日はいささか二日酔いの気味、酒をのみつつ小説の構想を得る、へーええらいもんだよ、屋根屋のフンドシ、ひたすら見上げる他はない。酒というものは、中にどっぷりひたってこそのものであって、たまさか、メダカが寄り合って飲んだの、パーティでどうした、女房の誕生日でこうした、賞をもらってうれしかった、どっかへ旅して酔っぱらったなんてものじゃない。「酒中」であろう、長老としていっておく、あまったれた酒とのつき合いをごたごた書くな。酒というものは、妻の眼をはばかり、肝臓をいたわりつつ、アル中の猫と汲む、一年前の原稿を机の前におき、全集の写真風に家人をごま化すのが酒飲みの本来。朝、昼、晩、夜、払暁《ふつぎょう》に飲まない奴の、何が「酒中」だ。

（平成2年12月号）

特別篇　幻の女たち

吉行淳之介（作家）

某月某日。六時半。

編集部のM中年が誘いにきて、新宿二丁目の焼肉屋「長春館」へ出かける。

空いたテーブルを見つけて座ると、店員がさっそく炭火の入った焜炉《こんろ》を運んでこようとする。炭火というところが、この店の自慢である。

「あとから一人くるからね。焜炉はそれからにしましょう。それまでは、ナムルでビール」

と、注文する。

「すこし早く着きすぎましたね。ムラマツさんとの約束は七時でしたから」

M中年が言う。ムラマツさん、とは村松友視のことで、このときはまだ直木賞を受賞していなかった。

しばらく前から、M氏が何度か申し入れをしてきた。二丁目を一夜ゆっくり歩いてみないか、という。「二丁目」とは、新宿二丁目のことで、東京に在った赤線地帯のうち三つの指に入る場所の略称である……。と、こう説明しなくてはならないのが、すでに過去の場所になってしまった証拠で、赤線廃止以来すでに四分の一世紀が経った。

「いまさら、二丁目を歩いたって、なんの意味もないよ。あの場所のことは、もうすべて書いてしまった」

「それでも、実際に歩いてみれば、なにかが摑めるかもしれませんよ。それにね、ムラマツさんとしばらく会ってないでしょう。誘って一緒に歩きましょう」

村松友視は中央公論社の『海』編集部にいて、十年近くつき合ってきた。とくに、おわりの一年半は、手数のかかる連載の担当編集者として、一ヵ月に三、四回会っていた。

その村松友視が退社して、以降ほとんど会う機会がない。気持が動いた。

「神楽坂の鮨屋に集合して、出かけましょう」

M氏が重ねて言う。この鮨屋は上等なので、ますます気持が動いた。

それなのに、焼肉屋に集合しているのは、数日前にふと気づいて電話し、

「あのね、神楽坂の鮨屋もいいけど、あそこに集合すると、そのまま居すわって、次の仕事をする気がなくなりそうだよ。二丁目の近くで、安直でいささか荒っぽい店はないかな」

と、提案したためである。

七時すこし前に、入口のほうに向けて座っていた背中に気配を感じた。というよりも、眼の前のM氏の表情が動いたせいかもしれない。

「ムラマツさんがきたのかな」

「そうです、定刻より早いですね」

それから三十分ほどで、食事は終った。もともと、ゆっくり食べる性質の店ではない。しかし、当方はもう一時間はビールを飲んでいるので酔ってきている。このごろ、酒がさらに弱くなった。

「それでは、その気になっているうちに、出かけるか」

と、立上る。

同日、七時四十分。

店を出ると、広い道の向う側の地域が二丁目である。

「店の選択は成功だったなあ。神楽坂で飲みはじめたら、ここまで辿りつかないよ」

そう言いながら、道を横切ってゆく。

赤線の廃止は、昭和三十三年三月三十一日である。その日から五年くらい経ったころは、その話題をなるべく避けるようにした。自分が蒼古たる老人になった気分に陥るためである。そのうち、その地域を語ることが懐しのメロディ風になってきたので、その数年後からまた口にするようになってきた。しかし、「懐しのメロディ」というのは当時の実情を知っている人にとっては大きなプラス・アルファがあるが、それより若い人にはただの音楽にすぎない。

赤線の話をすると、面白がる様子はしてくれるが、どこかにフリが混る。当方も警戒して控え目にしているのだが、つい口にしてしまう。

女性の論評をする場合にも便利で、A子は二丁目の「赤玉」風だが、B子は同じクラスでも「銀河」で、C子となると、「ホームラン」（これは、Cクラスの娼家の名）程度だな、と言えばたちまち納得がいく。ただし、その店を実際に知らない相手には、迷惑をかけることになる。

しかし、焼肉屋で飲んだビールが効いてきて、そういう配慮は薄くなってきた。M中年も村松中年も、ほとんど赤線時代に間に合っていない。いま中年の年齢で、すでにそうなっている。

「これから、この地域のあちこちで七ヵ所立止まるところがある。その立止まったところに在った娼家の女とかなり突飛な関係があったから、その話をしたい」

政見発表のようなことを言ってみたが、それらの話はすでに活字になっているので、話に身が入らない。七ヵ所を四十分くらいで回ってしまったとき気付いたことがある。旧電車通りと靖国通りを繋ぐやや広目の道を「仲通り」といい、その通りの片側が赤線地帯で、もう一方の側はその地域に含まれなかった。そこに、「武蔵野茶寮」という立派な料亭があったが、その店がいま眼の前にあるではないか。

「おや、この料亭は位置が変ったのか」

と、本気でおもったが、そういうことが起るものではなく、「仲通り」の位置を誤認していて、その料亭の在るところも旧赤線だとおもっていたのである。

つまり……、新宿二丁目の遊廓は、記憶の中にあったよりも、ずっと狭い地域だったのである。プロ野球の球場を四つ繫いだくらいのスペースだと記憶していたのに、後楽園球場くらいの広さもないようなので、愕然《がくぜん》とした。

なぜ、こういう錯覚が起ったのか。当時、一つの店の前に、三、四人の女が立って、道行く客に声をかけていた。客のほうも、洒落を言ってからかったり、あるいはその一人一人を慎重に選んだりしていたので、なかなか前に進めない。そのために、この地域を路地から路地へと一まわりするのに、一時間はかかったので、ずいぶん広い場所だという錯覚が起っていたわけだ。

それに、広さについての錯覚とともに、これまで立止まった七ヵ所のうちの幾つかは間違った場所のような気がしてきた。

この点、後日M氏にその場所が今はどうなっているか地図をつくって調べてもらったので、せっかくだからその記載どおりに記してみる。

長春館の前の広い通りを斜め右に渡ったところが第一の地点で、ここは「新宿大通り商店振興組合事務所」であり、その前の歩道を靖国通りのほうへ歩くと、広い駐車場でそのすぐ角に在った和風の店が第二の地点、大通りへ出て市ケ谷のほうへ数メートル歩いた右側の「トルコ秘苑」その隣りの「静銀ビル」あたりが第三の地点、そのまま歩いて靖国通りから斜め右へ仲通りに切れ込む途中の右側の「沖縄料理・西武門」が第四の地点……、とこう書いていっても、その場所々々のエピソードを紹介する気にならないのだから、面白くもなんともないだろう。

駐車場のところのやや広目の通りが仲通りに直角にぶつかっていて、これを「柳通り」といい、ここで酔っぱらった娼婦が大暴れしていて、遠巻きに人の輪ができた。その娼婦をうまく宥《なだ》めて拍手を浴びた話は、何度繰返してもいい気分だが、もうやめる。当時は二十六歳くらいだったろうか。その店の場所は、いまはハイヤー会社になっていた。

「アイララに行きましょうよ、色川さんがきている筈です」

と、M氏が言う。

「ナジャ」のマダムの古田真理子が、その店を手放して、いまは「アイララ」という大き目の店のオーナーである。ナジャは昭和四十年代に、新進のイラストレーターやデザイナーやカメラマンの溜り場として有名だった。そのマリコとは、さらにその前、彼女が銀座の老舗「エスポワール」の美人ホステスだったころからの友だちである。あのころ川辺るみ子時代のエスポワールは全盛で、美人ホステスのグループと仲良くしていた。吉田真理子とは、友だちのまま終った。そういえば、ほかの美人たちとも友だちのままだった。いまおもえば、すこし心が残る。

同日、八時二十分。

アイララに着いたのが、八時すこし過ぎだったろう。はじめて気づいたが、この店は仲通りの市ケ谷寄りで、つまり旧遊廓の外側である。出入口で色川武大が店内から出てきて、その巨軀と擦れ違った。なにも言わず、そのあと小一時間戻ってこない。マリコもまだ来ていない。

「色川武大はめしでも食いに行ったんだろうけど、ふつう何とか言うもんだけどなあ。たぶん、歩きながら眠っていたんだろう」

ナルコレプシイという奇病が色川武大にはあって、数秒ずつところ構わず眠ってしまう。阿佐田哲也に変身してマージャンを打っているときにもこの発作は起り、そのくせ当り牌を握っていたり、役満でアガったりする。

「アイララ」は、深夜の店である。九時くらいでは、客はほとんどいない。店の隅に大きな円いテーブルがあって、そこに三人で座った。間もなくマリコがやってきて、わざと大袈裟に抱き合って久闊《きゅうかつ》を叙したりしているうちに、色川武大が連れと戻ってきた。はたして、晩飯がまだなので鮨屋へ行ってきた、という。

同日、午前零時。

K社のO氏、S社のY氏など合流、昔馴染だが久しく会っていないトヨコが突然現れた。この女は以前、全ブス連の幹部をしていた。トヨコとその友人のイッちゃんという美人との二人は、遠藤周作に紹介されたとおもっていたが、あらためて聞いてみると逆なのだそうだ。昔のことは、しばしば忘れてしまって、話がおもいがけないことになっている。

しだいに酔っぱらって、多弁になってきた。総勢十名、円卓を囲んで飲んでいるが、最初の目的と場所の関係で、おのずから話は遊廓のエピソードになる。しかし、当時を知っているのは色川武大くらいで、彼は寡黙なのである。

翌日、甚だ後味が悪く、

「なんかなあ、おればかり喋ってしまったなあ」

と、Y氏に訴えると、

「それは、二丁目の地霊がそうさせたのでしょう」

そう言った。この慰め方はうまかった。

「さて、もう帰るか」

と立上って、時計を見ると、十二時前である。M氏と村松友視がホテルまで送ってくれる、という。残りの連中は、まだ飲んでいる。送ってくれた二人も、あとで飲み直したのだろう。齢をとったものだ。この地域では、当時は午前二時ころが、勝負だった。この時刻になると、さすがに人通りが少なくなる。泊りの値段が、時間遊びのそれと同じになる。

いまの時代、赤線地帯の金額について大きな錯覚がある。「トルコは高いが、昔の赤線は安かった」という考え方が、それである。初任給が五千円のころ、時間遊び（一時間といってもじつは四十五分くらい）で千円くらいだった。つまり、月給の五分の一で、現在のトルコに比べてけっして安いとはいえない。したがって、当時しばしば登楼することは不可能である。その替り、その地域を歩く。

「あんた、いつまでぐるぐる歩いているのさ」

と、からかわれるくらい歩く。登楼するときには、よくよく相手を見きわめる。

こういうプロセスで女に辿りつくのだから、二丁目に限ってみても二十五年前の女たちの顔かたちが、いま即座に二十人は瞼《まぶた》の裏に出てくる。

ところで、いま新宿区役所通りの近くに、桜通りというのがあって、新趣向を凝らしたセックス産業の店が並んでいる。

ある人が言った。

「桜通りはゲームセンター風で、二丁目にはやはり昔風の趣味的な手づくりの味が残ってますよ。二丁目は、あの白っぽい朝を見なくちゃ。おかまやゲイたちが疲れた顔で店から出てくるところが、なかなかいいんですよ」

そういえば、M氏制作の「二丁目地図」にも、「スナック・リージェント（ホモ・バー）」、「雀のお宿（パリでも有名なホモ専用連れ込み）」、「店名空白（二十四時間営業のボーイズ・マッサージ）」などという文字が書き込んであった。


（昭和58年1月号）

本書は、一九九一年に講談社より刊行された『また酒中日記』から収録・再編集しました。

本文中には、現在の人権意識に照らして不適切な表現がありますが、執筆当時の時代背景や作品の古典的価値、および著者が他界していることなどに鑑み、原文のままとしました。

（編集部）

中公文庫

また酒中日記《しゅちゅうにっき》

2005年10月25日　初版発行
2013年11月30日　再版発行

編　者　吉行淳《よしゆきじゅん》之《の》介《すけ》

発行者　小 林 敬 和

発行所　中央公論新社
〒104-8320　東京都中央区京橋2-8-7
電話　販売 03-3563-1431　編集 03-3563-3692
URL http://www.chuko.co.jp/

DTP　平面惑星
印　刷　三晃印刷
製　本　小泉製本

Published by CHUOKORON-SHINSHA, INC.
Printed in Japan　ISBN4-12-204600-9 C1195

定価はカバーに表示してあります。落丁本・乱丁本はお手数ですが小社販売部宛お送り下さい。送料小社負担にてお取り替えいたします。

中公文庫既刊より

各書目の下段の数字はISBNコードです。978－4－12が省略してあります。

よ-17-9
酒中日記
吉行淳之介 編
吉行淳之介、北杜夫、開高健、安岡章太郎、瀬戸内晴美、遠藤周作、阿川弘之、結城昌治、近藤啓太郎、生島治郎、水上勉他――作家の酒席をのぞき見る。
204507-1

よ-17-8
淳之介養生訓
吉行淳之介
持病の喘息とともに生き、肺結核や白内障といった数々の病を乗り越えた著者の、自らの健康と身体、晩年意識をめぐる随筆を纏めたアンソロジー。
204221-6

よ-17-11
好色一代男
吉行淳之介 訳
生涯にたわむれし女三千七百四十二人、終には女護の島へと船出し行方知れずとなる稀代の遊蕩児世之介の物語が、最高の訳者を得て甦る。〈解説〉林望
204976-5

よ-17-12
贋食物誌《にせしょくもつし》
吉行淳之介
たべものを話の枕にして、豊富な人生経験を自在に語る、洒脱なエッセイ集。本文と絶妙なコントラストを描く山藤章二のイラスト一〇一点を併録する。
205405-9

よ-17-13
不作法のすすめ
吉行淳之介
文壇きっての紳士が語るアソビ、紳士の条件。著者自身の酒場における変遷やダンディズム等々を通して「人間らしい人間」を指南する洒脱なエッセイ集。
205566-7

い-42-3
いずれ我が身も
色川武大
歳にふさわしい格好をしてみるかと思っても、長年にわたって磨き込んだみっともなさは変えられない――永遠の〈不良少年〉が博打を友を語るエッセイ集。
204342-8

う-9-6
一病息災
内田百閒
持病の発作に恐々としつつも医者の目を盗み麦酒をがぶがぶ……。ご存知百閒先生が、己の病、身体、健康について飄々と綴った随筆を集成したアンソロジー。
204220-9

う-9-8
恋日記
内田百閒
後に妻となる、親友の妹・清子への恋慕を吐露した恋日記。十六歳の年に書き始められた幻の「恋日記」第一帖ほか、鮮烈で野心的な青年百閒の文学的出発点。
204890-4

う-9-9
恋文
内田百閒
恋の結果は詩になることもありませう――百閒青年が後に妻となる清子に宛てた書簡集。家の反対にも屈せず結婚に至るまでの情熱溢れる恋文五十通。〈解説〉東　直子
204941-3

た-34-4
漂蕩の自由
檀一雄
韓国から台湾へ。リスボンからパリへ。マラケシュで迷路をさまよい、ニューヨークの木賃宿で安酒を流し込む。「老ヒッピー」こと檀一雄による檀流放浪記。
204249-0

た-34-7
わが百味真髄
檀一雄
四季三六五日、美味を求めて旅し、実践的料理学に生きた著者が、東西の味くらべはもちろん、その作法と奥義も公開する味覚百態。〈解説〉檀　太郎
204644-3

ま-12-24
実感的人生論
松本清張
不断の向上心、強靭な精神力で自らを動かし、つねに新たな分野へと向かって行った清張の生き方の根底にあったものは何か。自身の人生を振り返るエッセイ集。
204449-4

や-7-3
禁酒禁煙
山口瞳
医者から酒と煙草を止められて「禁酒禁煙」と墨書してみる。断固禁酒と思う日でも、夕方にはだめになることも――男性自身シリーズより編集の好エッセイ集。
204292-6

や-7-4
旦那の意見
山口瞳
酒は買うべし、小言は言うべし――エッセイ『男性自身』で大好評を博した著者が「最初の随筆集」と断じてはばからぬ、珠玉の自選名文集。〈解説〉山口正介
204398-5

あ-13-3
高松宮と海軍
阿川弘之
「高松宮日記」の発見から刊行までの劇的な経過を明かし、第一級資料のみが持つ迫力を伝える。時代と背景を解説する「海軍を語る」を併録。
203391-7

各書目の下段の数字はISBNコードです。978 - 4 - 12が省略してあります。

あ-13-4 **お早く御乗車ねがいます** 阿川　弘之

にせ車掌体験記、日米汽車くらべなど、日本のみならず世界中の鉄道に詳しい著者が昭和三三年に刊行した鉄道エッセイ集が初の文庫化。〈解説〉関川夏央

205537-7

あ-60-1 **トゲトゲの気持** 阿川佐和子

襲いくる加齢現象を嘆き、世の不条理に物申し、女友達と笑って泣いて、時には深ーく自己反省。アガワの真実は女の本音。笑いジワ必至の痛快エッセイ。

204760-0

あ-60-2 **空耳アワワ** 阿川佐和子

喜喜怒楽楽、ときどき哀。オンナの現実胸に秘め、懲りないアガワが今日も行く！　読めば吹き出す痛快無比の「ごめんあそばせ」エッセイ。

205003-7

う-9-4 **御馳走帖** 内田　百閒

朝はミルク、昼はもり蕎麦、夜は山海の珍味に舌鼓をうつ百閒先生の、窮乏時代から知友との会食まで食味の楽しみを綴った名随筆。〈解説〉平山三郎

202693-3

う-9-5 **ノラや** 内田　百閒

ある日行方知れずになった野良猫の子ノラと居つきながらも病死したクルツ。二匹の愛猫にまつわる愛情と機知とに満ちた連作14篇。〈解説〉平山三郎

202784-8

う-9-7 **東京焼盡《しょうじん》** 内田　百閒

空襲に明け暮れる太平洋戦争末期の日々を、文学の目と現実の目をないまぜつつ綴る日録。詩精神あふれる稀有の東京空襲体験記。

204340-4

う-3-7 **生きて行く私** 宇野　千代

〝私は自分でも意識せずに、自分の生きたいと思うように生きて来た〟ひたむきに恋をし、ひたすらに前を見つめて歩んだ歳月を率直に綴った鮮烈な自伝。

201867-9

う-3-13 **青山二郎の話** 宇野　千代

独自の審美眼と美意識で昭和文壇に影響を与えた青山二郎。半ば伝説的な生涯が丹念に辿られて、「じいちゃん」の魅力はここにたち現れる。〈解説〉安野モヨコ

204424-1

か-2-7
小説家のメニュー
開高　健
ベトナムの戦場でネズミを食い、ブリュッセルの郊外の食堂でチョコレートに驚愕。味の魔力に取り憑かれた作家による世界美味紀行。〈解説〉大岡　玲
204251-3

か-2-3
ピカソはほんまに天才か 文学・映画・絵画…
開高　健
ポスター、映画、コマーシャル・フィルム、そして絵画。開高健が一つの時代の類いまれな眼であったことを痛感させるエッセイ42篇。〈解説〉谷沢永一
201813-6

か-2-6
開高健の文学論
開高　健
抽象論に陥ることなく、徹頭徹尾、作家と作品だけを見つめた文学批評。内外の古典、同時代の作品、そして自作について、縦横に語る文学論。〈解説〉谷沢永一
205328-1

か-18-7
どくろ杯
金子光晴
『こがね蟲』で詩壇に登場した詩人は、その輝きを残し、夫人と中国に渡る。長い放浪の旅が始まった——青春と詩を描く自伝。〈解説〉中野孝次
204406-7

か-18-8
マレー蘭印紀行
金子光晴
昭和初年、夫人三千代とともに流浪する詩人の旅はいつ果てるともなくつづく。東南アジアの自然の色彩と生きるものの営為を描く。〈解説〉松本　亮
204448-7

か-18-9
ねむれ巴里
金子光晴
深い傷心を抱きつつ、夫人三千代と日本を脱出した詩人はヨーロッパをあてどなく流浪する。『どくろ杯』につづく自伝第二部。〈解説〉中野孝次
204541-5

く-7-11
古代史の迷路を歩く
黒岩重吾
日本の古代国家はどのようにして成立したか。神武東征説話、崇神王朝、継体天皇、蘇我氏、聖徳太子等二九の論点から、巨大な謎を鋭く推理探究する。
201296-7

く-7-14
北風に起つ 継体戦争と蘇我稲目
黒岩重吾
六世紀初頭、大和をねらう男大迹王＝継体と新時代に大望を抱く蘇我稲目。大王位を巡る男の戦いは知略をつくして繰り広げられる。〈解説〉磯貝勝太郎
201851-8

各書目の下段の数字はISBNコードです。978−4−12が省略してあります。

く-7-16
茜に燃ゆ　小説額田王(上)
黒岩重吾
大化改新後の飛鳥。富国強兵に心血を注ぐ中大兄皇子と弟大海人皇子の前に、すみれの花の匂いとともに、黒眼がちの額田王が現れ、皇子を恋に陥れた。
202121-1

く-7-17
茜に燃ゆ　小説額田王(下)
黒岩重吾
壬申の乱に至る訌争で、天智は弟から額田王を奪う。両帝の妃という数奇にあってなお、誇り高く生きた万葉歌人の境涯を描く長篇。〈解説〉佐古和枝
202122-8

く-7-18
紅蓮《ぐれん》の女王　小説推古女帝
黒岩重吾
恋の激情に身をゆだねる炊屋姫、強敵物部氏を滅亡に追いこむ政治家蘇我馬子。女帝即位に至る古代の人間群像を鮮烈に描く。〈対談〉尾崎秀樹・黒岩重吾
202388-8

こ-39-1
向田邦子 最後の炎
小林竜雄
乳ガンとの孤独な戦い、不慮の航空機事故。早すぎた死が惜しまれる脚本家向田邦子の生涯とその隠された晩年の日々に肉薄したノンフィクション。
203732-8

た-28-12
道頓堀の雨に別れて以来なり　川柳作家・岸本水府とその時代(上)
田辺聖子
大阪の川柳結社「番傘」を率いた岸本水府と川柳に生涯を賭けた盟友たち……上巻は、若き水府と、柳友たちとの出会い、「番傘」創刊、大正柳壇の展望まで。
203709-0

た-28-13
道頓堀の雨に別れて以来なり　川柳作家・岸本水府とその時代(中)
田辺聖子
川柳への深い造詣と敬愛で、その豊醇・肥沃な文学的魅力を描き尽す伝記巨篇。中巻は、革新川柳の台頭、水府の広告マンとしての活躍、「番傘」作家銘々伝。
203727-4

た-28-14
道頓堀の雨に別れて以来なり　川柳作家・岸本水府とその時代(下)
田辺聖子
川柳を通して描く、明治・大正・昭和のひとびとの足跡。川柳への深い造詣と敬愛でその豊醇、肥沃な文学的魅力を描く、著者渾身のライフワーク完結。
203741-0

た-34-5
檀流クッキング
檀一雄
この地上で、私は買い出しほど好きな仕事はない——という著者は、人も知る文壇随一の名コック。世界中の材料を豪快に生かした傑作92種を紹介する。
204094-6

た-34-6
美味放浪記
檀　一雄

著者は美味を求めて放浪し、その土地の人々の知恵と努力を食べる。私達の食生活がいかにひ弱でマンネリ化しているかを痛感せずにはおかぬ剛毅な書。

204356-5

の-3-13
戦争童話集
野坂昭如

戦後を放浪しつづける著者が、戦争の悲惨な極限に生まれえた非現実の愛とその終わりを「八月十五日」に集約して描く、万人のための、鎮魂の童話集。

204165-3

ま-12-11
ミステリーの系譜
松本清張

一夜のうちに大量殺人を犯す「闇に駆ける猟銃」、継子の娘を殺し連れ子と「肉鍋を食う女」など、人間の異常に挑む、恐怖の物語集。〈解説〉権田萬治

200162-6

よ-13-10
碇　星
吉村　昭

葬儀に欠かせぬ男に、かつての上司から特別な頼みごとが……。表題作ほか全八篇。暮れゆく人生を静かに見つめ、生と死を慈しみをこめて描く作品集。

204120-2

よ-13-11
帽　子
吉村　昭

末期癌に冒された妻の最後の願いとは……。日常生活に潜む〈非日常〉を、短篇の名手でもある著者が精緻な文体で描いた珠玉の九篇。〈解説〉和田　宏

204256-8

よ-13-12
秋の街
吉村　昭

16年ぶりに刑務所の外を歩いた囚人。死を間近にして望郷の念に憑かれた重病人など、人生の重大場面に直面した人々の心理を描いた滋味溢れる短篇集。〈解説〉池上冬樹

204405-0

わ-6-15
別れぬ理由
渡辺淳一

不倫に対する拭いがたい猜疑と諍いで冷えきった関係にありながらも円満な家庭を装いつづける中年夫婦の微妙な心理を濃密に描く。〈解説〉神津カンナ

202045-0

わ-6-17
男というもの
渡辺淳一

男の心とからだの秘密から男女の〝セックス〟の違いまで……。恋愛小説の名手が自らの体験を交え綴った男女必携の刺激的エッセイ。〈解説〉俵　万智

203765-6

番号	タイトル	著者	内容	ISBN
し-6-61	歴史のなかの邂逅1　空海〜斎藤道三	司馬遼太郎	その人の生の輝きが時代の扉を押しあけた──。歴史上の人物の魅力を発掘したエッセイを古代から時代順に集大成。第一巻には司馬文学の奥行きを堪能させる二十七篇を収録。	205368-7
し-6-62	歴史のなかの邂逅2　織田信長〜豊臣秀吉	司馬遼太郎	人間の魅力とは何か──。織田信長、豊臣秀吉、古田織部など、室町末期から戦国時代を生きた男女の横顔を描き出す人物エッセイ二十三篇。	205376-2
し-6-63	歴史のなかの邂逅3　徳川家康〜高田屋嘉兵衛	司馬遼太郎	徳川家康、石田三成ら関ヶ原前後の諸大名の生き様や、徳川時代に爆発的な繁栄をみせた江戸の人間模様など、歴史のなかの群像を論じた人物エッセイ。	205395-3
し-6-64	歴史のなかの邂逅4　勝海舟〜新選組	司馬遼太郎	第四巻は動乱の幕末を舞台に、新選組や河井継之助、緒方洪庵、勝海舟など、白熱する歴史のなかの群像を論じた人物エッセイ二十六篇を収録。	205412-7
し-6-65	歴史のなかの邂逅5　坂本竜馬〜吉田松陰	司馬遼太郎	吉田松陰、坂本竜馬、西郷隆盛らの様々な運命。『竜馬がゆく』など幕末維新をテーマに数々の傑作長編が生まれた背景を伝える二十二篇を収録。	205429-5
し-6-66	歴史のなかの邂逅6　村田蔵六〜西郷隆盛	司馬遼太郎	傑作『坂の上の雲』に描かれた正岡子規、秋山兄弟をはじめ、日本の前途を信じた明治期の若者たちの、底ぬけの明るさと痛々しさと──。人物エッセイ二十二篇。	205438-7
し-6-67	歴史のなかの邂逅7　正岡子規〜秋山好古・真之	司馬遼太郎	西郷隆盛、岩倉具視、大久保利通、江藤新平など、明治維新という日本史上最大のドラマをつくりあげた立役者たち。時代を駆け抜けた彼らの横顔を伝える二十一篇を収録。	205455-4
し-6-68	歴史のなかの邂逅8　ある明治の庶民	司馬遼太郎	歴史上の人物の魅力を発掘したエッセイの集大成、全八巻ここに完結。最終巻には明治期の日本人から祖父・福田惣八、ゴッホや八大山人まで十七篇を収録。	205464-6

各書目の下段の数字はISBNコードです。978-4-12が省略してあります。